U0601656

卓尔文库·自在文丛

椿园笔记

孙郁 著

海天出版社（中国·深圳）

图书在版编目（CIP）数据

椿园笔记／孙郁著．—深圳：海天出版社，2018.1
（卓尔文库·自在文丛）
ISBN 978-7-5507-2175-3

I.①椿… II.①孙… III.①散文集－中国－当代 IV.① I267

中国版本图书馆 CIP 数据核字 (2017) 第 264471 号

椿园笔记
CHUNYUAN BIJI

出 品 人：聂雄前
责任编辑：岑　红
责任技编：梁立新
封面设计：王　萌

出版发行：海天出版社
地　　址：深圳市彩田南路海天综合大厦（518033）
经　　销：全国新华书店
印　　刷：深圳市华信图文印务有限公司
开　　本：889mm×1194mm　1/32
字　　数：163 千
印　　张：8.25
版　　次：2018 年 1 月第 1 版第 1 次印刷
定　　价：39.00 元

策　　划：🏭 大道行思文化传媒有限公司
地　　址：北京市海淀区蓝靛厂南路 55 号金威大厦 707—708 室（100097）
电　　话：编辑部（010-51505075）　　发行部（010-51505079）
网　　址：www.ompbj.com　　邮箱：ompbj@ompbj.com
新浪微博：@大道行思传媒　　微信：大道行思传媒（ID：ompbj01）
大道行思公司常年法律顾问：天驰君泰律师事务所律师冯培、电话：010-61848179

目 录

辑一

（2017 年 1—5 月）

世情与远思

对于有乡村记忆的作家而言，今天谣俗的变化，已经不能仅仅以旧式的目光视之，我们不太容易从赵树理、孙犁的视角重返记忆。贾平凹、阎连科、刘震云都试图绕过前人的遗绪去敲开另一扇思想之门，小说的空间在渐渐倾斜。有人将此看成一个审美结构的问题，于是一个老式的话题重新提出，在一些批评家的言论中，怎么写似乎比写什么更为重要起来。

但这问题的提出，也易带来对于精神意蕴的漠视，无意中会怠慢了小说里的哲学。其实形式主义趣味浓厚的作家，有时是颇有思想的感召力的。将形式的探索置于生命哲学的层面打量，情况则大为不同。贾平凹和陈忠实的思想有别，处理相近的话题，韵致便不一样。韩少功意识到自新的重要，中年后换了不少的方式面对记忆，起作用的还是远俗的理念。怎么写的难题的背后也有写什么的纠结。

许多年前读到格非的一篇文章《博尔赫斯的面孔》，探讨的就是小说的结构。他从这位南美作家的审美意识里，发现了对于意识的拆卸和印象的撕扯，都增进了阅读的智性。我知道那是先锋派小说家喜欢谈论的话题，格非、马原对于小说技术的处理，都是为了免除惯性的疲倦。他们厌恶那些本质主义的表达，从形式上颠覆前辈的逻辑，在那时候是一次革命。这些放逐自我到陌生的天地去的人，其实知道什么是远离文学的文学。

对于那些先锋小说家的努力，读者有过许多期待。但有时失望于他们的形式上的匆忙，似乎停留在某种技巧的模仿上。艺术的突围，其实也是精神的攀缘，先锋派的作家在20世纪80年代还不能做到此点。不过他们的意义显而易见，这些超越性的实验使僵硬的文学表达变得丰富起来。只是后来有的继续着自己的路，有的停留下来。与汪曾祺这类作家比，他们面对的是对于自己经验的调整，以及母语的试练。在这些调整与试练没有完成的时候，他们还仅仅是意图伦理的表达者。

先锋小说家的探索中带有一代人的焦虑，他们在传统诗文修养缺失的时代，只能向域外的作家经验寻求什么。格非后来意识到其间的问题，传统写意的笔法和笔记式的表达渐渐被召唤出来。自《春尽江南》之后，他的作品开始回归到写实主义的层面里。但细心的读者可以发现，先锋的优点依然保留着。在"写什么""怎么写"的问题上，有着一般人没有的光点。照例有着强烈的反本质主义的倾向，对于人性的不可理喻性的把握，溢出一般的思维框架。那几部关于凡人生活纪录，多了前人没有的韵致，将先锋小说的感觉融化到乡土社会，又带着文学史家拥有的学识，古小说的余味便款款而来了。

新出版的《望春风》处理的是一代人的乡村记忆。用格非自己的话说是重返故乡的一次精神凝视。作者和同代人不同的地方在于，以变化的、迷宫般的笔触展开了一幅幅江南的画面。我们在这里看到了古老的遗存在乡下社会的蠕动，各类人物的命运在变化的时代里，引出不同时代的各类的焦虑。革命后的农村的文化生态、自然生态怎样一步步变化，小人物如何在大时代里一点点被抛出生命的轨道，都有奇异的讲述。处处有不可思议的人生选择，世俗社会的隐形力量在多维的话语空间流露出来。在不可撼动的世风的吹动下，散失的幽魂和新来的悲楚，涌出命运的交响。而这些，都是在一种非常规的叙述逻辑里完成的。

小说对于江南社会的描摹，透出一个学者的锐气，那些理念都消化于生命的细节里。他在革命者、落伍者、流浪者、以及创业者的不同选择里，看到时代与人性的微妙的关联。我们的作者满眼故土的风光不都是田园之梦，多的是看不见的忧思。形形色色的人物在日常生活里的恩怨情仇，演绎的是超逻辑的人间悲喜之剧。作品关心的是那些细小的存在，普通人的一切都在微茫的小词里，那些简单的批判意识和暧昧的乡愁意识都在思想的光泽里融化成虚无之气，而审视己身时的空旷的寂寞，雾一般弥散在小说的空间，淹没了时代的各类大词。

或许这是他学术理念的另一种表达。但这些表达放弃了诸多先入为主的概念。他将自己融化于生活的感性的乐章里。那些细小的、微茫的、带着无奈的词语，有着对于消失的村落的感怀，有的则流溢着苦涩的梦幻。在传统的伦理与生态消失的时候，人性所具有的遗传以另一种方式组合着人间图景。一个村庄与时代的关系，与历史的关系，都撕裂了确切性的逻辑，处处显示了命运的不可预测性。乡人的婚恋悲剧，青年们于歧路中的冲突，世俗伦理的悖谬，都在不可知的命运里呈现出来。没有谁是成功者，大家在茫然的寻觅里，忽而喜悦，忽而沉沦。而乡村被工业文明覆盖的时候，固有的遗绪以另一种方式依然延伸在世俗的社会深处。

我觉得格非小说的引人之处在于处理了两个难点：一是主人公的失败感里生成的苍凉诗意，这是许多人进入暮年时共有的感怀，读者从中似乎找到属于自己的脆弱的部分；二是无路的苦楚中残留着人性的光泽，照亮了灰暗之途，读者在萧索的人生看到活下去的理由。我们的作者学会了《红楼梦》式的省略，也染有《金瓶梅》式的机敏，而结构中分明也有博尔赫斯的影子。在这里，思想处于隐形结构里，存在被切割成无数的碎片。这可能与作者的审美理念有关。在他看来，"非意愿性的记忆"对于小说家十分重要，那些被我们时代惯性的词语遗忘的存在，可能有生命里最柔软的部分。这柔软的存在，恰是格非唤起读者惊觉的部分。

《望春风》的开篇就把"我"抛入一个茫然的世界里。一连串的蹊跷将人带进迷宫。不知自己的母亲何在，父亲莫名地自杀于古屋之中。所有的人的背后都有"我"所不知的隐秘，存在的变化好像都在某种宿命里。在群孩子中的"我"常常忍受屈辱，而村人的眼光里不确切的隐含，给其带来的是无尽的茫然。但小说在叙述的环节和结构的安排里，外在于人物的思考一直投射着。作者将自己的幽深的情思散落于世俗社会的深处，在众生的起落中，体味着词语中没有的人间隐含。

作为一名学者，格非对于文本的形式一直颇为精心，他的博士论文写的是废名，对于其别致的表述逻辑颇多心解。废名以远离常态的方式处理记忆和感受，六朝的文章和唐人绝句悉入笔端。格非十分欣赏其作品与时代构成的隐喻与象征的关系，因为机械的反映论的表达是被他扬弃的。这可能也能解释出格非选择先锋写作的用意。他的写作从 20 世纪 90 年代就开始有了远远离开常态的骚动，以刺激的形式进入深远的精神之维。那时候的青年们涌向先锋派的文本，主要是对于流行模式的抵抗，余华、格非、马原们的努力，则把一代人踏上新途的梦想，以感性的方式涂抹到文本里。先锋的存在，乃另外空间的拓展。那些稚嫩的辞章内在的焦虑，我们这些过来的人多少都是熟悉的。

但先锋派对于传统的隔膜可能是止步不前的原因。他们中许多人还没有废名、汪曾祺那样从容处理旧的遗存与己身的关系的能力。格非在给学生讲解《红楼梦》《金瓶梅》时，可能已经意识到类似的问题，所以到了《望春风》的写作，召唤废名、汪曾祺的幽灵是偶可见的。他不仅再现了乡村社会明暗交织的人际网络，也带出士大夫遗传的某些趣味。在这部新作里，小说审美的理论和他自身的经验得到了恰当的调适。他回到乡村世界，回到属于自我经验的领地，在陌生化的表述里，再次亲近远去的遗存。关于那个年月的乡下生活，我们在他同代作家那里感受到的很多。他写出了一个不同于他人的乡间，那个变动岁月里的人与事，在一种别于乡土文学理念的时空中生成。我们看到了文本背后的一种思考，而这些都很自然融进小说的章节和片段里。

中年之后的格非常常陶醉于古小说的趣味里，这无疑都纠正着早年的单一性的努力。古代传奇的笔法历历在目，但叙述过程又神秘不已。他试图把旧小说的语态和西洋小说的结构衔接起来，我们由此嗅出茅盾《霜叶红于二月花》式的氛围。但他又警惕茅盾式的沉闷，以变化的节奏伸展着思想的要义。比如言及"我"的父亲之死，母亲的几次婚姻的过程，都在不同人的视角里完成。有的是他人的讲述，有的则是书信的转达，选择的不可思议和命运的不可思议，都如泉水般汩汩流出。而关于乡下人的婚恋、私情的剖析，也真情可感，出人意料的场景和离奇古怪的男女之事，一一流露其间。无论是朱虎平与雪兰之爱，还是"我"与春琴之恋，都有细腻真实的画面感，叙述者透彻的笔法和节制的语态，使作品蒙上了一层玄奥之色。

借着乡土社会的复杂的人性场，透析人性的本来面貌，格非下了许多功夫。算命先生、外来的逃客、同性恋者、婚变者、吸毒者，在宁静的村庄暗流涌动。在经济大潮的过程里，人事虽多诡谲，而乡民的伦理尺度依在，恶的力量和善意的情感都互为相伴，成了乡下世界的黑白两面。朱虎平、孙耀庭、高定邦、梅芳、赵礼平、唐文宽都有太阳底下不能袒露的秘密，人们生活在一种脆弱的伦理之乡。古风虽逝，余音犹存。那可怜的一点精神之网留住了一点微末的希望。格非的构思中安插了许多诡秘的场景和人物背景，闹鬼的山房，碧绮台的古琴，图书馆高贵的女子，都诉说着理性不能解释的世界。他在平淡的地方常常埋着不可解的人际纠葛，一波未平，一波又起。那些幽灵般的存在，告诉我们看不见的意念的潜在作用。

《望春风》最为动人的部分，无疑是"我"与春琴的爱情故事。这个看似有悖伦常的乡间传奇，却极为深切地显示着人性的美质。一切都非突兀的降临，而是有人间悲喜之情的折射。双方经历了大的苦难之后，最终走到一起。在乡村伦理破败的时候，人性仅有的余光照着不幸的人们。一对美好的男女，在无数的折磨之后，终于发现失败者可以以特有的爱的方式征服失败。不再看别人的眼色，以自己的真诚和无畏组成新的生活。主人公说：

> 我们在这个世界上谨小慎微地生活了大半辈子，清清白白，无所亏欠，没有得罪过任何人，也用不着看任何人的脸色。再说，你和我都是死过一次的人了。我们其实不是人，是鬼。既然是鬼，这个世界与我们没有什么关系。只要不妨碍别人，我们想干什么就干什么，可以不受人情世故的限制。

在这里，格非构建了一座脆弱的爱情小屋，一个世外桃源般的美丽的空间。当沉浸在逃逸苦海的安宁时，作品仿佛奏起了惆怅的小夜曲，那么悠远而感伤。它以博雅和宽广之情覆盖着无声的世界。这时候我感到了一个疲倦的行走者歇息的瞬间的乌托邦之影。我们的作者把东方世界最为质朴、动人的情思点染出来，给无路者些微的宽慰。在格非看来，杂乱的世间无论怎样灰暗，人性的美质是无法遮蔽的。在回望故土的时候，那些不安的、丑陋的、狡谲的东西尘埃落定后，空旷的记忆世界，终有我们依恋的存在。那存在或在消失的遗迹里，或在我们的期待中。人间有苦，但也有爱。只要爱与友谊残存，希望怎么能够消失呢？

这样的感情何等的古典，但一切都在现代性的变形里得以完成。小说的形式感具有一种音乐般的飘逸之美，连带的乡下世界不失泥土与水色的味道。而有意思的是对于形形色色的人物命运，有神秘般的安排，命运之神的不可知性在世间奇异地进行着。写实的笔触，连带出笔记体的韵致，先锋的与古典的交织，在不失好玩的故事性里，带出了许多思想性的东西。既是世情，也有远思。或者说，是带着远思的一种世情的书写。

格非承认，自己在作品里要避免的是旧的写作惯性里的单值倾向。他意识到旧的小说里盲区，而80年代形成的过于介入文本的主体意识可能会带来新的悖论。所以，《望春风》给我们带来了多种的对话关系，故事线索和人物关系都在错综复杂里显现。在《文学的他者》一文里，格非强调在一种参照里书写自己熟悉的存在。他借着博尔赫斯、陀思妥耶夫斯基的话，道出自己的小说理念，那就是在陌生化里建立"一种全新的理解结构"。这个全新的理解结构是在动态系统里对于认知的调整，他人的梦境与生命轨迹有我们的形影，我们的本质可能在他者的映衬下才能够凸显。

社会学家早就从田野调查里发现乡土社会里的原始性的精神联系。而格非在自己的实践里表达的内蕴远远超出一般社会学家的维度。《望春风》的突出之处是写出乡村伦理无法解释的幽微的存在，暗存于人心的历史和外在的历史多么不同！那些都沉落于苦海之中的错乱的爱情、离奇的政治还有冷热变化的人情，是被遮掩的另类风景。作者描述各类人物都能以中性的笔触为之，即便明显的有瑕疵的人物，也都是悲悯地看他们的过往之迹，隐显之形。丑陋的，洁白的，善意的，阴险的，在人性之网上都有自己的位置。他没有像莫言那样翻滚的激情，也无阎连科那样的残酷。在与不同的灵魂对话的时候，他隐蔽了自己的好恶，发现的快慰多于判断的快慰，一面蹚过污浊的河，一面悲悼着失去的光阴。那些曾经有过的人与事，最后都消失在残破的暮色里，似乎一切都是一场长梦。当人影消失的时候，何为意义之类的表述，才有了一种可能。

我们在这里聆听到了一曲挽歌。这里没有知识人自恋的话语，那些固定化的价值在慈悲的目光里统统融化了。所有的都在逝去，在生存的挣扎里，我们所知道的只有爱与死亡带来的遗迹。格非从人的沧桑体验里，写出存在的空无，又于凝视空无的片刻，捕捉到精神的实有。无论死亡与我们多么接近，余存的爱意乃希望的火种。格非珍视这样的存在，所以作品的结尾以微弱的口吻说出肺腑之言。在寂寞里可以瞭望，可以冥想，即便望见的是梦中之影，我们便不会彻底滑落。重要的不仅仅在于失去了什么，还在于我们在空漠里能瞭望到什么。仅此，《望春风》就给我们以不小的满足，小说家的这种追索，我们不见者久矣。

2017 年 1 月 7 日

巴别尔之影

　　有时候看到域外作家的惊人的审美之思，会感叹虚构文本的妙处。这些人带来的陌生的图景，拽出了黑洞里的精神之光，盲态里形体便浮现出来，我们会随之而进入神异之所。比如像伊萨克·巴别尔的小说，就让人如见天书，那些出奇的人间之思，一遍遍冲洗着我们日趋凝固的意识。

　　我至今记着最初阅读巴别尔小说的感受，摇晃的苦路上的马蹄声，起伏土地的流浪者和乌克兰小镇的喧嚷，跳动着血色的交响。而濒于死亡者绝望的眼，折射着暴力、凶悍的野气里的梦幻之影。一切都是那么诡异，时光过滤着无尽的哀怨，在无法解析的困顿里，却刻出作者直面人间的爱意。

　　最早介绍伊萨克·巴别尔的鲁迅先生，没有像对待俄罗斯"同路人"作家那么耐心，只是对其价值做了简单的描述，余者则语焉不详。我觉得鲁迅对于这位俄国作家的存在有一种不确定的感觉，似乎不能够以卢纳察尔斯基和托洛茨基的逻辑审视对象世界，而后来革命文学话语中的巴别尔是另一个色调，他的形象还多是隐在迷离的历史之雾中。

但鲁迅之后的许多中国作家对于其看法日益清晰起来。王蒙、莫言的读书经验里，巴别尔的记忆连接着精神的解放之旅。他们不止一次谈到这位作家对于自己的影响，在这个犹太人那里嗅出智性的浓烈之味，这些无意中也影响了中国文学的生态的变化。《檀香刑》之于《骑兵军》，都在印证这一点。

现代的中国作家对于俄国文坛发生的一切，很长时间只能以表层的方式解之，看到了文本的奇异，惊叹革命后俄国文学的伟大。鲁迅在翻译《竖琴》时，体味到的只是小说里感伤、灰色的风景，但那深处的原因则知之有限。那些"同路人"作家的文本写出了战争的残酷，一面也哀怜失去的岁月。仅仅从没落阶级的不适感讨论这样的问题，可能流于表层，因为译者对他们具体的情形鲜为了解。关于苏联文学的描述，也多是从概念到概念的，其间遗漏的东西，恰现出流行理论的尴尬之处。

巴别尔的创作始于 1913 年，那时候正是俄国革命的前夜。他的文化记忆有许多非革命的元素，犹太教传统、马克思主义、法国近代激进意识以及东正教的遗产，都集叠在其审美的逻辑里。他带着复杂的历史记忆进入革命年代的时候，对于文学的表达，自然与流行的理念有别。他的奇异的小说和戏剧作品，都非革命观念的结果，而是革命观念的原因。这种别于常人的思考和创作，是逸出时代模式的一种精神演进。

作为革命队伍的一员，他有着政治家之外的神奇的思维。既是知识分子的一员，又讨厌知识分子；理解革命，但反对革命中的残暴；欣赏法国文化，但更加爱护苏维埃的实践；强调书写的自由，但却在作家协会里占据领导的位置。巴别尔在纵横交错的经纬里居于忽隐忽现的地方，但似乎又不属于身后的世界。难怪鲁迅在翻译"同路人"的作品时放弃了对巴别尔的深度打量，那可能是他的定位是极为模糊的缘故吧。

巴别尔小说篇幅甚短，但内容的丰富超出常人。在短小的篇幅里往往有多致的调子，无数灵魂的震颤在瞬间弥漫开来，简约里的繁复，停顿里的奔涌，还有消失中的遗音，缭绕在文字的背后，让我们久久不能宁静。鲁迅曾收藏过一部德文版的《敖德萨故事》，那里的嘈杂、凌乱而高远的情致，都非简单的逻辑可以绘之。仅以《德·葛拉索》为例，一个剧团的演出引出无数的故事，"我"与老板的背后，竟是艺术里的虚构之影的魔咒般的力量，它竟在现实里发酵。巴别尔看到了现实之外的精神之力对于人性的辐射，而我们于此领会的不仅仅是辞章之美，还有意境所带来的人间幻象。小说在片刻里集叠的无穷远大之影，带来的是一种审美的突围。

《敖德萨故事》是一部混杂着善恶的乐曲，不同民族的习惯和人生图画，有书斋里的理论不能说清的隐含。邪恶、粗俗、残忍和柔情弥漫于时空之间，人间的爱欲情仇在破碎的影像里晃动。这里展示的是两个世界的故事，一是江湖里的人生，一是童年的碎影。前者如《国王》中的火光中的报复，《父亲》中的一桩秘密的婚姻计谋，还有《日薄西山》中的父子之争，都流动着蛮气。后者像《我的鸽子窝的故事》《醒悟》《童年与祖母相处的日子》《德·葛拉索》，闪动着纯然目光下的凄苦，以及浪漫的感伤，犹太人放飞梦想和受难的故事扑面而来。敖德萨充满了扭曲的旋律和腥味的气息，巴别尔写出了不同人等的苦楚的人生。他在人们习以为常的荒诞性里看出人性的真色彩来。而又于粗野放荡的江湖人的选择里，引人们到思考的路径去，浑浊里的灵动的爱意之光，成了那作品里的灵魂。

给他带来巨大荣誉的是短篇小说集《骑兵军》，出人意料的精神维度，覆盖了一时流行的僵硬的话语体系。以一种反本质主义方式记录苏波战争，这给历史学家一种难堪的讽刺，它刻画的世界与后来教科书相距甚远。作者写的苏联红军，是鱼龙混杂的队伍，人们带着不同的记忆来到战争的前沿。不仅仅有战场的诸种痕迹，重要的是写出战场内外不同的人性轨迹。《基大利》借着一个信教老人之口说出革命时代的恐惧：不革命的人在杀人，革命者也在杀人，老人感叹"然而革命——是要叫天下人快活"。在苏波战争中，"恶人在革命"。这个旁人的视角下的战争，给作者的画面带来异样的声音，所记录的烽火被另一种意义所指示。《意大利的太阳》描述了一名同屋的红军的内心秘密。白天参加围剿活动，晚上在给家人的信中，抱怨被派往前线，而自己的梦想是去意大利这个神秘的国家工作。身在曹营而心在汉，小说暗示了战争队伍中人的不同精神走向，以及在大的时代里的个人的无奈。《家书》的片段极为惊恐，在儿子给母亲的信中，描述了父子的对立。父亲是反革命者，几个儿子是苏联红军。父亲曾愤怒地杀害了自己的一个儿子，而后来另一个儿子参与了对父亲的追捕，最后使自己的父亲受到惩罚。一个时代的不幸导致了家庭里的厮杀，在遥远的地方演绎着故乡里所罕见的悲剧。这一切对战争之外的旁观者而言，是一种颠覆性的书写，战争的本然露出人性的凶险。而小说描述"我"的行为与思想时，也极为震撼。《我的第一只鹅》的"我"进入哥萨克的营垒时，知道士兵往往会欺负弱不禁风的文人士兵，于是将自己变成匪徒般的人物，无理地杀死一只鹅，以粗暴的举止赢得同行的认可。这种撕裂造成内心的痛楚，"我的心教杀生染红"，久久不得安宁。小说的许多片段冷风习习，战场上杀红了眼的官兵，面对无辜的百姓，没有逻辑可言，《战马后备处主任》军痞式的傲慢，置苍生于不顾的残忍，让人倒吸一口冷气。在整个战场上，人已经失去温和与儒雅，大家似乎在变态的波浪里涌动。《寡妇》描写团长死前的惨景，自己的妻子的背叛，引来与其有染的马车夫的不满，他在亵渎了团长后还残存着一丝柔情，狠狠地教训了漠视遗嘱的团长的妻子。这仅有的人性的余光，将野蛮与恐怖的屠场另一种韵致托现出来。《骑兵军》是一曲绝唱，它在血腥的马蹄声中踏飞苍凉的梦影，画面碎片横飞，唤遥远的灵思抚慰着死去的冤魂。这是"同路人"作家也未曾有过的书写，难怪他的作品遭到苏联将军的指责，对于前线的报道，如此出格和不逊，也证实了彼时思想的混杂和认知的差异。

《骑兵军》给读者的教益远远高于同时代的许多战争文学。如果不是高尔基的支持，一些作品的发表当十分困难。这些简短的文字，流动着无穷的神思，也将现象界的多棱面呈现给读者。巴别尔的笔触不同于一般的红色作家，他的特点是在刹那之间而隐喻永久，思想的光泽在混乱中冒出，不乏超常的笔致和颠覆性想象。许多惊心动魄的场景都在冷冷的叙述里完成，但回味无穷的地方处处皆在。这和《敖德萨故事》形成了一种对应，在面对世俗和革命的话题时，他都奉献了《真理报》所缺失的光景。

欧美的读者对于巴别尔有着持续的热情，研究著作已经相当丰厚。他欣赏托尔斯泰，但从未有过宏大的叙事；喜爱屠格涅夫，却没有田园式的隐逸。流行的解释是他通晓多门语言，对于不同风俗颇多心解，而思想又有马克思主义的部分。这是中国的左翼作家没有的复杂性。中国的左翼作家多是从感伤的人道主义层面进入革命文学的，但俄国的文学则有强大的 19 世纪的惯性。巴别尔在自己的作品里就一再提及普希金、果戈理、托尔斯泰、陀思妥耶夫斯基，这些和犹太教以及列宁的思想混杂地交织相处，催生出的作品也自然是多种意蕴的叠加。在他留下的不多作品里，引人思考的远远不是革命文学的问题，我感兴趣的是其犹太人的文化元素和列宁的元素的衔接，以及旧俄传统与新俄思想的碰撞。对于中国的文学家而言，其提供的经验，并不亚于高尔基和法捷耶夫。

巴别尔文本的背后都有我们经验里没有的遗存，关于此，

我们读过他留下的书信则会一目了然。近读刘文飞先生主编的
《巴别尔全集》书信部分，就给了我一种全新的感受。苏联作家
与革命的关系，和域外文坛的互动性，以及如何吸收自己的传统
文化，好像都有了某种注解，他与友人的倾诉里隐含着时代的另
一种回音，革命队伍里的杂色都可以看到一二。

　　翻阅巴别尔书信集会发现，在革命的年代，他的精神有许
多革命话语所不能够涵盖的内容。比如他的经济状态，与检查官
员的冲突，和剧院导演的远近之交，以及远离文坛的孤独，都折
射出那时候文坛的复杂性。我们在文学史里不易看到这些片影，
它的深处的所指，是苏联流行的理论遮蔽的部分。

　　巴别尔的书信解答了我们中国读者的深深的疑问，内中的
复杂性超出我们的想象。他是一个在悖论里思考存在的作家，从
生命的体验里，看到了理性不能解析的人间，可怜的生命不是在
先人预知的轨道里，大家原在精神的歧途上。我们看他的日常生
活的困顿，以及在作家队伍里的尴尬，都能够感受到其作品的原
型。或者可以说，他的文字，升华了自己的日常体验，赋予文本
以哲思的可能。因为在那些不可思议的人间故事里，理性照耀不
到的地方，方可以有我们需要的参照。

　　巴别尔认为自己处于一种"逻辑的怪圈"里，比如他在婚
恋里的彼此折磨之苦，在工作中的自卑自贱的形影，周围处处是
些"无用之人"，只有远离俗物的时候，自己的内心才得以充实。
他觉得这个世界可以交流者不是很多。1928 年，莫斯科出版了

一本研究他的论文集，见此并非一般人的沾沾自喜，他给妻子的信里说："俄罗斯出版了关于我的文集。这些文章读起来非常可笑，根本让人读不懂，写文章的都是一些有学问的傻瓜。"（347页）他欣赏的人物都多少有一点瑕疵，那些正襟危坐者未必都能进入他的法眼。他能够以反向的思维处理自己的悖谬化的生活，1930年，在致沙波什尼科娃的信中，他说："我一生中遇到过无数困难和挫折，但是我始终能够感受到生活的快乐。"（451页）革命胜利后，许多作家不能够生存下来，自杀者多是他熟悉或关注的人，但他却以另一种态度，面对绝望的环境，竟能不动声色地度过难关。这原因可能是他有一种与"逻辑的怪圈"周旋的本领，看透而不厌透，在远离俗谛的地方观照日常。他认为"人应从错误中学习，在失败中成长"（319页）。既然处于一个大的时代里，进入而又能够出离，超然于旋涡之上，方能够体味创造的快慰。

今天的读者面对巴别尔，往往把他置于异端者的行列。但他的复杂之处在于，内心深处并不远离革命之路。在经历了可怕的混乱和无序的行走后，依然觉得俄罗斯在寻梦的路上。这给他的文本带来了歧义。而理解巴别尔，均不能够忽略此点。20世纪20年代末，他多次往返于巴黎、莫斯科之间，欣赏巴黎的自由，但更钟情于俄罗斯文化里的神圣。在远离俄罗斯的时候越发珍爱俄罗斯的精神探险。了解此点十分重要，因了这样的选择，我们才知道，俄罗斯文学至少在20世纪30年代之前，不是在封闭的环境产生的，革命文学存在着一种与域外文学对话的通道，恰恰这种远离了政治性的对话，才出现了逸出政治话语的文学。革命性与非革命性都有生长。而 80 年代后，中国作家从巴别尔那里得到的，恰是那些革命话语之外的资源。这也是这位作家在中国持续走红的原因之一。

因为有了巴别尔，俄国的革命文学的地图改变了。不同国度的读者对其兴趣不尽相同。十几年前我参加过一次巴别尔的讨论会，那天王蒙、莫言和以色列的几位学者悉数到场。我们讨论的是戴聪的译本，被其精致、深切的译文所打动。我那时候才知道，仅仅以革命的逻辑描述这位作家是远远不够的。较之于俄文版的作品，汉语存在一种无力感，巴别尔的多种语言的功底流露的气息，是不能转译出来的。即便这样，我们依然感受到了他的作品背后只可意会而难以言传的美质，它包含着隐微里的广大，悲楚里的圣明。这位短寿的作家流星般穿过东欧的精神的暗夜，却把智性的光永恒地刻在天幕上。虽星星点点，而其意绵绵。借着这曾有的光泽，我们分明对于未曾辨明的存在有所领悟。

2017 年 2 月 25 日

王小波二十年祭

　　和朋友们谈起王小波的时候，偶有一些争议，主要是对其在文学史上的地位的理解存有差异。我自己对于他的认识有个变化的过程，这也许与知识兴趣转移有关。不过我觉得，有时候主观的印象，不及数据说明问题，比如我所在的学校图书馆每年都有借阅图书排行榜，在文学类图书前十名里，一定有王小波的作品，有时候甚至排名在前三名。这些年，每每有同学讲起王小波都眉飞色舞，而写他的硕士论文与博士论文者，也多了起来。读者的目光是一支笔，已把他写到了民间版的文学史的深处。

　　当一个人的文本被一遍遍阅读，且总在延伸相关话题的时候，那意味着我们遇到了涌泉。许多作家在世的时候，文本就变成了死水，不再有流动的生气。而王小波的词语之波总在冲刷着读者，在他面前的我们感到了自己的干枯。今天那么多的作家文本与世间痛痒无关，但王小波带出了罕有的情思，在那文本里有着我们觅而不见的智慧，那些自嘲、戏谑的词语，忽地使我们意识到自己还是不会飞动的笼中之人。

　　阅读王小波的时候，我们常常要笑起来，他那么漫不经心，却又沉浸在思维的愉悦之中，谈笑间一面面老朽的山墙轰然坍塌，我们因之而瞭望到屋外的风景。他不在酱缸文化里纠缠着恩怨情仇，而在告诉我们可以到另个开阔而朗然的地方。不需要虚伪的词语，远离功利之途，在弯曲的野径通往的是自然而又智性的世界。

《黄金时代》中的王二、陈清扬已经成为深刻于人心的人物，他们在一个荒诞的岁月以更荒诞的方式回应着一切。这些在预设的意义轨道之外的陈年往事，竟然获得消解无聊时光的意义。小说的叙事方式异于我们的浏览习惯，作者在情节的安排和表述里，融进许多逻辑的因素，缠绕间亵渎了世间的伪善。只有经历了对于传统小说的消毒之后，才能够注意起它的好来，奚落和自嘲的句子，把我们从空幻的话语中捜出，进入了另一天地。他的表达方式属于异类的一种，"五四"后很少见过类似的模式。我们有过感伤绝望的文本和反抗的文本，后来不幸在本质主义中变成教条。《黄金时代》的叙述完全阴阳颠倒，他在近于玩笑的笔触下描述曾经的经历，把一个神圣的话语颠覆掉了。而且在慢慢适应他的辞章之后，没有猥亵的感觉，反而生出一种自省的庄严，原来我们以往的许多书写显得那么虚假。这种反本质主义的样子，恢复了我们写作中的某些元气。

有意思的是，王小波在感性的表达里，一直被一种逻辑的力量控制着。我们看出他分析人物心理与社会生活的能力。他的许多作品暗示人们的是，大家一致认为存在的东西，可能并无形影，而沉默的什物，却并非毫无价值。作者以诙谐的口吻叙述那个怪异里的人与事，逻辑的运用自然，但这逻辑并不枯燥，因了滑稽的介入，变得生动起来。我们在他笔下的诸多的故事里，没有一丝邪恶的感觉，反倒看到了对于虚无的冲击。这个有趣的作家以人的身体经验抗拒伪道学的遗风，那些被凝固化的词语被他一点点溶解了。

他的许多小说都和我们的传统有别，想象的奇异似乎也破坏了作品的某些结构。但那些不同于常人习惯的书写给我们以纠错的喜悦，读者从超乎日常而古灵精怪的情节里看出了人性的另一面，而传统小说没能全部领会这些藏于深处的因子。对于读者而言，这不能不说是一种神奇的引领，我们由此看到了现代审美意识的变异之趣。

在许多作品里，他嘲弄了假正经的文化里的各种病因，且以诙谐的调子摧毁了我们头脑深处的思想河床。他吹动的恶音时常缭绕在文本的缝隙，但也因之把我们从妄念中唤出，意识到自己在一片雾霭之中。世人以为的绿色在他那里是昏暗的，而恰是这样的差异，那些被遮蔽的本然才有了意义还原。我们在他朗然的笑声里流出了眼泪，悲悼着失去的青春的同时，也悲悼着那些熟悉的言语。假如不放弃那样的言语，我们的艺术思维，将永远处在混沌的世界里。

王小波的美学思想是值得我们细细打量的遗产。他认为写作的不幸是无趣，那些装模作样的文章，其实是无智的表现。作家、艺术家不是依附于什么，布道的话语反生伪善，超越旧有的经验方有意义。这位狂狷的作家对于写作者的期待是对于读者的冒犯，以异样的笔触引人到未有的风景里，从而试炼人的灵魂。所以，他的作品让麻木于道学的读者感到不适，阿 Q 式的幽魂受到嘲笑。能够看到，他处处远离幽闭性的艺术，在文学世界，主张写作应飞离地面，把人从世俗社会引向高远之所。我们看他点评现代以来的作家，视角每每与世人反对。他觉得张爱玲囿于屋檐下的恩怨，有一种窒息的感觉弥散。而杜拉斯、卡尔维诺、奥威尔则让他有着兴奋之感，因为作者谙熟世俗，又能够超越世俗，这恰是中国文学未能发展的一面。他把理性的资源和诗意的资源结合起来，便有了异于感伤主义和本质主义的歌咏。

于是我们在其身上看到两种元素，一是夸张的奚落，一是恶搞的明辨。他清楚于两者的价值，也把自己置身于这两种相反的维度中。典型的例子是《红拂夜奔》，小说跨越当下与古代，隋唐之人与当下之物往返在一个时空，今人之思、古人之迹浑然一体。他借着李靖、红拂、虬髯公、王二，嘲笑了古老帝都里的精神秩序，荣辱恩怨、生死之辨、苦乐之音，被狂欢的笔致所点染，那些被道学家叙述的伪态的历史，被不雅驯的文字亵渎了。小说写那些陈年往事，都在诙谐的调子里，邪恶被渐渐还原，爱意却隐于深处，一面是对故事的拆解式的叙述，一面是超逻辑的辨析。妄想、诡辩、呓语联翩而至，像是中国版的《巨人传》，演绎的是对于人的记忆的另类新解。

　　这种跨文体、跨疆域的书写，模糊了小说与哲学的界限，诗歌与逻辑的界限，乃至美与丑的界限。世间的颜色被重新定义，而认知的过程也翻转了。鲁迅当年在《故事新编》有过这样的尝试，重新叙述历史的时候，今人的智性照亮了历史的暗区。王小波也是照亮历史的暗区的人物，他的放诞、潇洒、毫无疆界的放肆，给僵硬的汉语表述，注入了鲜活的血液。

　　认真分析他的作品会发现，王小波的特殊性在于拥有属于自己的辞章。他自幼在一个读书的环境，青年时期便对于数学和逻辑学别有领会。20 世纪 80 年代后，思想解放冲击着世人，而作家的语言还残留着某些旧的积习。他对同代许多人的文字并不认同。比如阿城的小说征服了许多读者，他却以为是明清官话，现代性不够。张承志的悲壮叙述，在他眼里易导致个人崇拜。王朔的新式京白自然有其价值，但他如果不自我控制可能失去力量。他欣赏的语言既非士大夫的，也非小布尔乔亚式的，那些泛道德的官僚语更等而下之。他礼赞傅雷、穆旦、王道乾的表达，觉得那种语言是有质感的，中文的特长与西语的意象深藏其间，就有一种现代意味了。

　　这种对于表达的自觉，看得出他的敏锐、聪慧。但他可能也忽略了汪曾祺、阿城、张承志等人的另一种价值。因为他们的词语也是对于世俗表达的一种逆行，且呼应了另一种有意味的传统。与回到明清的话语方式不同的是，王小波更认可的是"五四"后有创造性的新话语，他觉得翻译家的实践可能更有意义。这种语言实验绕过了陈腐、肉麻的暗区，直抵精神明快之所。所以我们看他的行文，笑对着苦楚之地，朗然于天地之间，随性指点，坦然舒张，洋洋兮有江海之气。

他其实读过许多古文，并非不知道转化地运用它们的价值。在给刘晓阳的信里，偶然有明清尺牍的调子，但在小说里，却警惕这样的语言，尤其在杂文中，均以口语为主，加之哲学式的论辩，八股气与市井的意味远离于他，形成的是另一番韵致。他的文本有着逆常态里的卓识，反雅化中的洁白，往往指东说西，以玩笑式的口气开笔，却升华为一个严肃的主题。而思维方式与词语组合方式，外在于我们流行的话语，那些没有价值的逻辑在他那里获得了新意。我们今天能够以此种方式思考问题的人，并不很多。

如果不读王小波，我们可能不会体味到20世纪90年代文坛新的裂变过程。王小波的写作，在自己身上终结了80年代形成的那种悲楚的、倾诉的模式，代之而来的是罗素式的聪慧和卡尔维诺式的放达。远离苏俄式的叙述逻辑也开始出现，这恰恰是"五四"那代人没能够生长的部分，王小波竟以超常的魔力，完成了审美意识的一次转型。

他的许多作品在今天所以被人们一直阅读，乃是因为它们有凡人少见的精神漫游和想象力，他东游西走，笑傲江湖，把不可能变为了可能。在桀骜不驯的飞驰里，也有温情的缭绕、放逐的快慰一点点袭来，一点自恋的影子也不曾看到。小说里埋伏了许多意象，以超俗的笔法置人于惊险之处，随后便是开阔的精神原野。这些在卡尔维诺、尤瑟纳尔那里才有的奇思，被他转化成中国人的语境。《黄金时代》《万寿寺》《白银时代》的诡异和雄广之气，撕裂了封闭语境里的诗学，无意间也暗袭了拉伯雷的传统。

我们不妨说，王小波是一面镜子，照出世间的种种傻相。想起来我和王小波算是同代人，但知识结构和审美方式迥然不同。他几乎没有受到苏俄文学不好的因素的影响，精神的底色在英国经验主义和"五四"的个人主义传统里。我最初看到他的文章没有什么感觉，以为还是滑稽的因素过多，议论问题没有沉重感和悲剧意味。但后来发现，这是他的一大优长。当我们还在托尔斯泰式的文学意象里徘徊的时候，他却贡献了斯拉夫艺术之外的明快、幽默、智性的东西。而这，恰是百年间文学里最为稀少的存在。我们身上的迂腐和陈旧之气，在他的面前显得何等可笑。

应当感谢历史给了我们文化一种变调的机会——它来自于另类知识结构的接入。倘若我们了解他的精神背景，许多疑团便会悄然冰释。多年前我和几个朋友策划了王小波的生平展，在整理他的藏书和遗物的时候，感到了他知识结构的特别。他的知识系统和同代人多有不同，数理逻辑、科学主义和反本质主义诗学交相辉映。我们的文学家很少有自然科学的训练，对于事物的认识也缺少数理逻辑的支撑。这些因素一旦进入诗意的表达，便造成一种新颖的态势，我们的感知世界与认知世界的方式也就变化了。王小波的可贵在于看到了我们习而不察的存在，那些沉默的大多数内心的感言，被其以逻辑的力量一一勾勒出来，学识里裹着野性之力四处蔓延，我们听得到他的心音的跳动。那是民间知识人最为动人的歌咏，人们聆听它的时候，才感到了什么叫作思维的快乐与创造的快乐。

这快乐也往往引我们躬身自问，我们的文明真的过于古老了，要有新风的吹来和异样的诗意的推送，难之又难。在那些诗文的传统中多韩愈、朱熹的元素，不易诞生拉伯雷、奥威尔式的人物。细数以往，蒲松龄之舞，鲁迅之吟，已经算是奇迹，而王小波则完成了另一种可能——这个时代的异类从没有笑料的地方，从颠踬的曲径间突然走来。那么漫不经心，那么滑稽可爱，以他的明晰之眼和慧能，醒世人于昏梦，引热浪于寒中。中国文学因了他的存在，多了值得夸耀的姿色。

20 年前，王小波离世的时候，读者推动了悼念的热潮，这在百年文学史里算是奇观。当代作家身后寂寞者多多，获得长久声望者，唯二三子而已。他的思想的辐射力，在今天不是减弱了，而是越发显出深切性来。我们现在纪念他，不仅仅因了他的可爱，还因了我们的没有成长的困窘。这是不幸中之幸，也是幸中的不幸，文学的风景，从来以惊异于俗风的方式出世，鲁迅如此，汪曾祺如此，王小波亦复如此。珍惜这份遗产，乃是我们活着的人的责任。

2017 年 3 月 31 日

为人师者

看了友人悼念刘锡庆先生的文章，忽想起许多的往事。我最后一次见到刘先生大约在十年前，后来音讯甚少。听到他去世的消息，眼前一直闪动的是他那个高大、朗健的身影，连同远去的那个岁月，一切仿佛离今天不远。

我与刘锡庆只是泛泛之交，相处的时间也非常短暂。但在京城的教师中，他是一个可以深谈的前辈，旧式文人的遗风，在他那里也有一些。他的离去，给了亲朋不小的忧伤。翻看微信里朋友的挽联，想起古人"仰视天之茫茫"之句，不禁暗生感叹。

北京的学界有几类教师，一是只躲在象牙塔里，和世风不甚接触，埋头在自己的学问里，所谓为学术而学术者是。二是社会活动家，参与各类的文化活动，在媒体上颇为走俏。但刘锡庆先生不属于这两类人物，他沉浸在学术里，却又关注现实。一面深染学理之趣，一面又在当下经验里寻觅审美的新意。这使他与学院派区别开来，也与流行的批评家大为不同。所以酸腐的理念和时髦的词语在他那里是看不到的。

北师大文学院有一个很深的民国学术传统，但到了刘先生这一代，风气已经大变。张梦阳回忆录里说，他入学的时候已经是反右运动之后，许多名师因为是右派不能上课，刘先生作为新人开始成为教学的主力之一。刘先生留校，政治上定然合格，这是那时候的必有的要素。但他的学术思想，却与前人有衔接的地方。我们看他文章中对于鲁迅、周作人、朱自清的论述，都有一种血脉的联系，而他自己也是自觉汇入那样的传统的人物。

这在那时候是很难得的选择，他受到学生的欢迎，也与恪守这样的传统有关吧。

20 世纪 90 年代，我偶尔参加一些文学批评的会议，我们便渐渐熟悉了。他的口音是纯正的京味儿，声音听起来很美。我们见面的时候，都很客气，自然也没有彼此厌恶的那些套路。印象里他十分低调，很少和人去争论什么。讨论当代问题的时候，他的看法往往和主流的意识相左，所思所想，是另一套话语。但他不去强迫别人同意自己的观点，只是提示大家注意作家的个性化的生长的可能，那语调背后，总有些余味慢慢缭绕着。

有一次在红螺寺参加小说的评奖，我与先生隔壁而居。那次会议上大家的看法并不一致，对于作品各持己见。刘先生是组长，他听了大家的意见，显得耐心和气，与众人微笑地商量着相关的话题。我发现他是一个很能听不同意见的人，其宽厚、包容之心，散出旧式学人才有的古风。他的协调过程让众人十分舒服，且得出了大致相近的结论。会议结束后，他把我找来商量工作的一些细节，自己亲自写出评语。和他谈天可以毫无拘束，好像是久违的朋友一般，全没有长辈的架子。人与人以神遇而得心愉，乃至达到无话不说的程度，是一大幸事。儒家所说的仁爱者，当属于刘锡庆先生这类人物。

那一次会议上得到他赠送的一本关于散文的专著，对于其学术兴趣和基本思想才有所了解。大致说来，他的散文理论有一种个人主义精神，是与一般教科书不同的审美意识。行文中置陈言于体外，得妙意于心中，许多思想都逸出了学院派的藩篱，对于僵化的"左倾"写作模式有一种本然的抵制。刘先生的研究文章通透、自然，于古今的文章脉络有一种切实的心解。他从先秦谈到"五四"，对于文章的气韵、格调、文体有一种贯通式解析，把握现代散文的起伏之迹，殊多真言。90年代初，他就一再强调散文的文体意识，并对于极"左"的思潮颇为警惕。他的许多学生后来在文学探索的路上走得很远，也易让人联想起这位老师当年的一种熏陶。

他对于新出现的作家的文本十分关注，一些活跃的新人很快被写入散文的教材里。能够感受到他对于文坛单一色调的忧虑，在他的眼里，希望出现没有被污染的新一代，则是按捺不住的渴望。

忘记在哪一次聚会里，听他谈论文坛的情况，颇为兴奋。他向我介绍新发现的几个学者散文集，大加赞赏。而对于几个有争议的作家的评价亦颇公允。他对于那些异端者的文字的欣赏，看得出其内心的热度。一个忠厚老实的人，思想却在异端者流的韵致里，这是刘先生耐人寻味的地方。

他的许多学生都是我的朋友，有时候也偶尔参加他们的聚会。有一年他从南方回来，邀我和张梦阳、李静等人小聚。席间讲起文坛新出现的思潮，他关切得很，好似也疑虑重重。那时候他的几个弟子思想是较为活跃的，他担心受到一些冲击，并强调包容的重要性。他不去刻意表述自己的主张，但你能够感受到他的主见，而同时自己又能够努力去了解自己不熟悉的存在。他知道自己这一代人的限度在哪里，故能够避免武断的产生；又会虚心去瞭望陌生的存在，和时代的某些鲜活的精神就暗自吻合了。这时候他的快乐，从其语气里可以感受一二。在教学的时候，这种感受都传递给了自己的学生们。

作为从"文革"过来的一代人，他的许多学术思考，都留下了与那段记忆的搏斗的痕迹。那些灰暗的经验成了他思考新的文学的内因之一，他的奔涌的神思乃是对于早期记忆的挣脱，而审美意识最为深切的部分，都与此有关。这种执着的学术努力，和今天一些浅薄的学术言论比，显得异常凝重。这可以说是我们了解那一代人的精神入口。

现在，刘锡庆先生已经长眠在遥远的南国，走完了他一生的道路。那里有比北方更多的绿色，环绕他的，是花草的馨香。知识人的一生，有的写出境界，有的活出境界。刘先生是两者兼有之人。在我所结识的学者中，他算是一个微笑的异端，可谓学林中苦苦的探索者。经历过"文革"风暴的人，大凡还能独立思考和写出新的文字者，乃因为有人性的定力。他们的内觉之深，后人未必了然于心。现在想来，这些在今天越发显得珍贵。那是风暴后留下的奇迹，对于这一代人的经验，我们所知所思者，的确都很不够的。

2017 年春

一个世界公民

我刚到人大文学院工作的时候，许多人告诉我，我们这里有位外教雷立柏老师，是名洋雷锋，大家都喜欢他。后来渐渐熟悉了，知道他在教拉丁语，业余时间指导了许多学生。他在圈内圈外很有人缘，随他读书的本校生不必说了，校外来听课的也很多。因了他的存在，古典学有了可以支撑的基础，这些年拉丁语的普及，他的功劳大矣。

与雷立柏接触多了，没有感到他是一个外国人，彼此的交流无丝毫的障碍。杨慧林老师跟我介绍了他许多故事，每每有迷人之处，有时感觉像童话里的片段。雷立柏从遥远的奥地利来，且把北京当成自己的家，人们对他的好奇和喜爱，都与其特殊的人生选择有关。后来听他聊天，发现其知识谱系丰富，许多陌生的领域让人生出敬意。他的学识我所解者只有一二，余者觉得深似海洋，气象之大非吾辈能言。有了他的出现，才知道其背后衔接的传统多么重要。我们单一的思维维度，可以借其目光，得以自然的伸展。这样的工作他不来做，我们的教育自然会有许多盲区。

在他写的《我的灵都》里，看得出他对于北京的热爱，其思考的文化的沿革，也有我们国人没有的眼光。比如他把北京比作灵都，仿佛犹太人对于耶路撒冷的描述，自有其深意于此。他还说北京是东方的罗马，在不同数据和印象里给了我们环视自己故土的另类视角。书中对于北京历史与格局的凝视，都在世界眼光里，有我们看不到的存在。总觉得他在什么地方有京派的意味，但又无京派的沉闷，精神在辽远的地方出没，给我们惊喜的地方多多。因了他的言说，忽然想起明代以来西方学人与国人的互动，他自己就延伸了利玛窦等人的传统，也让我们看到了今天文化进化里重要的内驱力。我觉得他身上有着我们常人没有的东西，如果把他仅仅看成知识的传授者，那就过于简单了。

雷立柏自称自己是世界公民，故对于文化的领会有自己的宽度与深度。看他对于孔子、老子以及《圣经》、古希腊文本的领会，舒朗自然而又有奇气于此。他以为在单一语言里不能理解北京，自然，也非能够把握世界的历史。所以，在多种文明里看人类的现在与未来，就会站在一个高高的地方，思想的澄明和审美的快慰自然也流出。我们现代以来重要的思想者，都是在世界文化范围里思考问题的。坦率说，能够自如地进行这样思考的人，在今天不是很多。在英语独占鳌头的时候，我们可能也因之忽略了文化的本源。人类文明源头的存在倘不被一再思考，我们可能只在流行的文化里思维，失去原本的内动力。而雷立柏做的工作，恰在这个人们陌生的领域。

在雷立柏的自叙里，我看到了许多新奇的景观。他的一些思考，和晚晴、民国的学人很像，独立的精神弥漫在字里行间。他研究的几门语言对于我们而言都很冷门，拉丁语、希腊语、希伯来语，这些对于国人多是遥远的存在。在他看来，了解西方，这几门语言殊为重要。因为那里有文明源头的光泽，凡沐浴于此者，思想自然会在通达的路上。这和认知中国必须了解先秦文化一样，属于古代文明的一部分，也是根本性的存在。他意识里的中国文明，也有古老的基因的延续，在几千年的变迁里也有了开放、明亮的存在，仅仅在一种思维里考察问题，大概不得要领。所以，他是把中国古代有意味的存在和西方古典有意味的存在连接起来的人。而他本人对于"五四"新文化人思想的呼应，都看出其精神的原色。

明代以来，中国学界与域外学人的互动的历史，我们记载得不多。但那互动改写了我们的文化路向。许多词语的使用，概念的出现，都与此种互动有关。在这个互动里，西方发现了中国，中国也认识了西方。近30年的开放，加大了这种互动。雷立柏自己意识到所做的工作，是三四百年前前人劳作的继续，他自己的使命感，我们中国人未必意识到其间的深度。

因为雷立柏，我们知道了许多湮灭的故事，比如第一个写欧洲游记的中国人樊守义，他的《身见录》有我们今人不解的要义；第一个留学欧洲的中国人郑玛诺，带来许多认知世界的新眼光；书中还涉及最早留学域外的北京人，以及最早的西文图书馆，深藏于时光里的人与事，跳动着历史的脉息。这些鲜被注视的遗存，其实在改写着精神的路向，我们的词语与概念的建立，是在这个过程里完成的。他特别关注游走于世界各地的人们，也为中国人没有深深关注这些历史深深遗憾。我注意到他追问北京为何没有早期留学生的博物馆，那些故事可能对于这个城市更为重要。我们对于自己的城市的认识不会有类似的意识，看到他这样的追问，作为曾经做过文物保护工作的人，我有着一种惭愧的感觉。

这种对于城市特殊的读解，在我来说第一次遇到。我在大量关于北京城记忆的书里，没有看到这样的叙述。以读城的方法读史，是他给我们的震动。他眼里的北京，一直有着世俗之外的高远的精神坐标，那些飘动于思想空间的永恒之星，指示着旧都的灵魂。倘若我们不能从这样的视角审视北京，将会遗漏最为重要的东西。那些默默从事翻译、对话的学人和思想者，流动着历史深处的热能，不是所有的人都意识到城市的这一存在的价值，在雷立柏的书中，我们看到了一个多种语境的北京，一个集叠着人类智慧的北京。在愚昧与文明中，在挫折与成长中，北京带给人们的不仅仅是汉文明的历史，而是世界文化融汇的一部分。而雷立柏的价值，也恰在这交融的过程中。

阅读他的书，我深深地被其文字所感动，雷立柏的文字刻着他的忘我精神，这是我们常人缺失的境界。他舍弃了凡世的欲求，将一切燃烧在文明的构建里，把大半生的经历献给中国，献

给北京。对于一个外国人而言，乃一种大爱的精神，说他有一种
殉道意识也不为过的。在谈到"中西思想桥梁"的鼻祖白晋的时
候，他自认是他的学生，他的门徒，接续的恰是前人的使命。这
个世界公民给北京带来的温度，传递在许多领域。文化的进化，
需要无数默默献身的人，利玛窦、鉴真都是这样的楷模。我在雷
立柏身上看到了古人的遗风，北京因为有这样的人的存在，便有
了更为厚重的元素。

2017 年 4 月 11 日

自渡之舟

　　早已经有人谈及，我们这个时代有许多好的默默写作者，却因了许多条件的限制，并没有走到公共视野里。我与赖赛飞作品的相遇，就有几分惊异。她好像不太被批评家所关注，但那些文字的确有与人不同的质感，让人看到了另一道光景：幽婉的南国里的暖风吹来，散落一路花瓣。海岛里出出进进的男女，藏于心底的苦乐、荣辱，是一页页风俗史，进入命运的梦幻里。这一切搅动着我们的内觉，被其引入阴晴变幻的山阴道上。

　　不晓得作者何时开始了这样的写作，在阅读赖赛飞的散文前，我对其一无所知。看了她的散文，好像不是我们这个时代的文人，从我们未知的地方走来，带着潮湿的海味和远古的诗意，一遍遍叩问着存在的隐秘。我读她的作品的兴奋，和当年阅读李娟的感受略近，都是异于常态的书写。但精进、入骨，散出不尽的情思。在几乎无事的平淡里，我们看到了人性的景深。

　　汪曾祺生前感叹散文的模式化，可能窒息了人们的表达。日常的存在的重要，反倒被艺术家们遗漏掉了。赖赛飞不是书斋中人，也非浅薄的时文作者，她的书有一般文坛少有的韵致。这让我想起赵园的作品，沉寂里流动着诸多光热，在幽闭式的文字之墙内垒出高高的塔，以独立的姿态面对存在。不过她们不同的是，一个以学术资料为背景，一个以日常人生为底色。赵园读书读得深，赖赛飞读人读得透。她们以清寂、苦涩的文笔，写出人间彻骨的一页。而这些，都是在另类的语境里完成的。

受过良好教育的赖赛飞，并未去时髦的大都市工作，一直生活在浙江的海边。看她的几本书，透出海风的味道，也像乡土里升腾的云雾，在海岸和岛礁间变换游荡。那些古代汉语与欧化的新文学，在她的笔下沉淀着，几乎看不到痕迹。但我在什么地方读出"五四"那代人的寂寞之感，和独处于乡下的悠然。我由此想起废名的文字，还有张爱玲的篇什。但她没有废名那样的禅风，亦无张爱玲的华贵，赖赛飞知道自己是海岛的女儿，生命的一切和海水谣、港湾曲息息相关。所以她拒绝了文坛的套路，远离时代的热词，以属于内心的语言，刻画海岛里人生的百图。绝无宏大的叙事，亦少自我的炫耀。在故土里看潮起潮落，人去人来，生老病死间的隐微之迹，恰有哲学家思考的人性的难题。

在许多作品里，我们的作者致力于对于无名者的人生的考量，山上的护林人，海边的扫风者，小城里的快递员，以及打工者的身影，那么生动、逼真。我们不知道他们的名字，却读出别样的心绪。那些被词语遗忘的人们，却在清苦之中流出人生的精神之火。赖赛飞沉浸在对于故土形形色色人间的打量里，她的作品一是写出日常的深流，二是有简约里的丰富，三是寂寞里的通达。这三点，都使其拥有了另类的意味，太阳底下亦多新事，重复的日子有着不可重复的思想体味。于是看似枯燥的存在原也气韵生动，比如，于凡人琐事里看出支撑命运的内力，但却不需要撕心裂肺的场景和繁复的情节，往往一瞥之间，黑白立显；片言只语，真意悉出。而在苦楚的日子，总能够看出熬出的微笑，天边的曙色渐起，人间复归微明。在日复一日的岁月里，沉落的与升起的，都指示着我们的意义。

《生活的序列号》一书是风俗画的连缀，也有夜笛声的流转。作者大凡写家庭生活，完全不同于以往的作家之趣，在宁静的叙述里，我们吸到了人生的冷气，而其间的凡人的存在感，被写得百转千回，一如诗人的吟哦，看得见内心的本色。《第四类痛觉》写母女关系，可以看成小说，也似随笔，但更像心理分析。鲁迅在《伤逝》里处理过家庭的难题，那是男女间的悖谬之诗，至今让人久久回味。而《第四类痛觉》关于母女之间的爱与伤感，进退之选，则有精神的困扰与出离的忧患，人间伦常中的冷暖系着命运悲剧和梦幻之影。作者在《父老乡亲》中对于父亲生活的刻画，则在感性的画面里，流出了哲思，老人的孤独之后的内心之热，道出寻常之理，由此引人思考的话题，才是世间的原态：

时光在血缘之间划下的这条河流，依离开之远近，或窄若小溪，或阔似银汉，从来没有桥梁可济，唯有以身作渡。

在许多文章里，我们常可以读出她出其不意的感悟。赖赛飞的文字是从南国的书海里泡过的，也仿佛血管里流出的一样，是本色的、静穆的表达。她写昆曲的感觉，则神矣、妙矣，谈及海岛的谣俗，便委婉多致。阅读她的书，感到她好似喜欢自言自语，在和默默无声的人们对白，也与上苍对白，而更多的时候，是自己与自己的对白。有时候这样的方式，把自己囚禁在单一时空，限制了旷远之思，但也因此避免了精神的空泛。所以我们看不到扭捏之迹，也无布道之玄。她面对着历史里的遗存和遗存里的历史，看人性的曲直，爱欲的深浅，梦幻有无。这是对于自我的忠实，也是对于存在的忠实。写作的本原，其实往往在此。

德国作家黑塞说自己的写作常常受到窗外的因素影响。不仅受到书本的教育，"还从一些秘不现身的、更高明、更神秘的力量那里受到教育"。书本的常识会让人"内省"己身，而那些神秘的力量则会让人学会一种"内观"。我想许多有创造力的作家，差不多都是如此。由此想到今天的作家的书写，"内省"似乎容易，"内观"则难之又难。而将二者结合起来，也甚为寥落吧。在此意义上说我们的汉语命运，则还在颠簸的路上，我们的辞章所指常常在空漠之所，世上的真如未被窥见者，非一两句话所能道尽。

如此看来，写作者要回到自身谈何容易，我们未被省察的内心还长时间睡着。好在世间还有在陌生的路途行进的人，他们走得很慢，且于生僻之处遇到城里人的未见之影，鲜闻之音。那里有着黑塞所云的神秘的力量，在热闹的地方，精神的光泽不会闪烁，而静谧的山野、海岛，却有天光的显现。赖赛飞是沐浴着海岸线的天光的"内观者"。她提供给我们的不仅有新的审美的状态，还有新的生活状态。有了怎样的生活，便有怎样的审美。靠一种自渡，可以驶向思想的彼岸。那么在这自渡之舟上的人的心绪，岂能以俗语言之。

2017 年 4 月 15 日

王富仁先生¹的鲁迅研究

王富仁先生不幸于 2017 年 5 月 2 日逝世，纪念一个人最好的方式或许是读他的著作，研究他，所以今天请孙郁来谈谈先生的鲁迅研究，作为纪念先生的一种方式。

访谈者：中国人民大学文学院博士生　黄海飞

先生其人

黄：您在鲁迅研究领域耕耘多年，并先后担任北京鲁迅博物馆、中国鲁迅研究会的领导职务，您与王富仁想必有不少交集。首先能否请您谈谈您与王富仁的交往？

孙：我和王富仁的交往开始于 20 世纪 80 年代后期，当时

1　为避免行文重复，文中王富仁先生统一简称王富仁，其他老师也一并省略，特此说明。

我和高远东跟着王世家在编《鲁迅研究动态》，那时候认识他的。后来我有一次采访他，谈论关于鲁迅研究和学术研究的话题，访谈发表在《艺术广角》。稿费来了，我把稿费寄给他，他又让学生把稿费给我送回来了，他太客气了。当时我们聊得特别好，再后来就经常地来往了，有些学术会议、他的学生论文答辩我都去参加。我经常参加王富仁、钱理群、王得后的聚会。王富仁2002年去了南方以后，一般都是他从南方回来，我们四个，还有王信、赵园等几位就一起吃饭聊天。从最早认识他到现在，也过去将近30年了。

黄： 在您看来，王富仁是怎样一个人？

孙： 他是绝顶聪明的一个人，想问题想得很深，很有激情的一个人。非常坚持自己的意见，他一旦坚持，别人想要改变它是很难的。王富仁、钱理群、王得后三人特别谈得来，在对鲁迅的问题上，对中国的判断上，观点往往都惊人的一致。他们关系不一般，我比他们要小十六七岁，属于晚辈了，很多时候主要还是听他们讲。他住院的时候我去医院看他，谈得挺好。他对我个人影响很大，我在1985年看到他在《文学评论》上发表的博士论文摘要，完全被征服了，文章写得很有气势，带有别林斯基的那个味道，也有车尔尼雪夫斯基和卢那察尔斯基那种雄辩性。因为在此之前，中国的鲁迅研究都是在意识形态话语下，他也用马克思主义和苏联的资源，但他的问题意识是建立在把握鲁迅文本和鲁迅独特个性的基础上，从鲁迅文本生发出思想，一下就把流行的东西给颠覆掉了。那时候流行的是根据毛泽东和我党各个历史时期的文艺政策和文艺观点形成的一套审美理论，有些是有效的，有一些则已经失效。但是他把这些给搁置起来，回到鲁迅自身，所以由于他的出现，80 年代的鲁迅研究从理论的高度上扭转了陈涌、唐弢时代鲁迅研究的风气，他用特别的方法把鲁迅思想的底色找到了。这是当时给我印象最深的地方。

王富仁的 80 年代

黄：大家津津乐道的一个学术掌故是，1981 年纪念鲁迅诞生 100 周年召开全国研讨会，各省、自治区推选代表参会，唯一一个不是代表而被选中了论文的，是王富仁，唯一一篇不是代表的论文，又被选编入《纪念鲁迅诞生一百周年学术讨论会论文选》的，是王富仁的《鲁迅前期小说与俄罗斯文学》。此后这篇论文扩展为同名著作（陕西人民出版社，1983 年版）。这也是王富仁鲁迅研究的第一本书。鲁迅与俄罗斯文学其实并非新话题，之前已有很多学者阐发过，那么，与前人相比，这本书有什么新的开掘呢？

孙：因为他是学俄语的，所以他对俄国文学有独特的认识。早期读他这本书印象很深。他是在细读基础上对鲁迅进行研究，鲁迅文本和俄国文学的那种丰富性和复杂性都被他带到了自己的思考中来，我觉得这个特别重要，因为这是比较文学的视野，使鲁迅的研究从静态走向了动态。这是王富仁写博士论文之前很重要的一个学术准备。鲁迅与俄罗斯文学，尽管前人都谈过，但冯雪峰、巴人、郭沫若、陈涌等还是在狭义的左翼里面来谈，王富仁则是在更宽泛的左翼谱系里来看待鲁迅，维度更为宽广。

黄：我知道您也是研究鲁迅与俄国方面的专家，您也出版过《鲁迅与俄国》，那能否比较下您与王富仁这方面研究的异同？

孙：我最早进入鲁迅与俄国研究是受到王富仁的影响的。我在写作这本书时想刻意抛开过去研究的束缚，重新开始，但这也有问题，就是与前人已有研究可能会有重叠，而且有些见解未必有他深。我的《鲁迅与俄国》可能跟革命话语更有关系，还不仅仅是一个比较。过去我们讨论鲁迅与俄国的关系是在斯大林主义与列宁主义的语境中，我是想放掉它，把鲁迅放在草根左翼的位置来研究。王富仁的时代是不好讨论列宁主义的，但我在自己的著作里批评了列宁主义，我认为列宁主义把一切党化了，把左翼文化党化以后，这种文化就没有创造性了，一切按照一种意志来。王富仁则主要还是在传统的现实主义和新中国成立以来形成的研究范式中来讨论鲁迅与俄国的关系。等到我们这一代，接受了"路标派"的那些人的思想，包括米尔斯基等著作，可能受到他们的影响，所以和王富仁不太一样。但我们这代人根本的起点是从那里开始的。

黄：王富仁的博士论文摘要《〈呐喊〉〈彷徨〉综论》是连载在《文学评论》1985 年第 3、4 期，第 3 期更是放在头条的位置上。您是历史在场者，请问您当时读到这篇论文是怎样一个反应？当时学界的反应具体是怎样的？

孙：这篇文章影响是很大的，可以说是影响巨大。所有研究现当代文学的人阅读之后都感受到学术思辨的乐趣。这篇文章在现当代文学研究领域是里程碑式的论文。钱理群那时也写了关于周氏兄弟的论文，也是很好的，发表在《中国现代文学研究丛刊》上。钱先生的论文具有很强的问题意识，按照学术论文的规矩路子来的，王富仁则具有野性的力量，他用马克思主义的方法，或者说以一个更宽泛的大的左翼概念颠覆了一个狭隘的左翼概念下的鲁迅研究，他并不是从自由主义和现代主义的传统来进入到鲁迅研究。他用一个没有被斯大林主义化的马克思主义的美学思想来看鲁迅文本，把政党政治强加给思想史和审美的东西摘除了。王富仁终其一生对于毛泽东是充满尊敬的，对于毛泽东政治革命的认识他还是肯定的。但是他认为思想史和艺术史研究不能简单地用政治革命论述来代替，它们有自己的特殊性。所以这个影响是很大的。

黄：这种影响放在今天，对于年轻的学生可能比较难以理解了。它的核心观点："《呐喊》和《彷徨》不是从中国社会政治革命的角度，而是从中国反封建思想革命的角度来反映现实和表现现实的，它们首先是中国反封建思想革命的一面镜子"，以及提出的口号"回到鲁迅那里去"，在今天看来已经陈旧或早已是常识了。那为什么它在当时会产生那样的效果呢？是否与当时的历史语境有关？

孙： 当时的思想是很禁锢的，"文革"有很多禁区，犹如铁板一块。当时他这篇论文出来，已经是"大逆不道"，有人认为是"反马克思主义"。就像我们今天看北岛的诗，看刘心武的《班主任》，可能你不会觉得怎么样，可在当时就是那么大的作用。当时中国文化的苍白、学术的苍白可见一斑。如果在一个常态的语境中，王富仁的观点是常识或者普通得不能再普通的东西，但在当时来看却是需要勇气的。李何林先生对他论文是大胆地给予肯定，当时很多人是很犹疑的，认为论文怎么能这样来讲，离开毛泽东的论述和新中国成立以来的话语方法，这怎么能行呢。

黄： 这篇论文及同名专著出版后，引发了一场不小的论争。为什么会有这场论争？正如您在文章中提到过80年代北京鲁迅研究界有"东鲁""中鲁""西鲁"，有时候也有学术的分歧。类似的，这是否也与学派有关？

孙： 这主要还是一个内部的争论，当时有几位前辈学者对王富仁的论文有不同看法，但这也很正常。后来王富仁在讨论鲁迅研究史的时候，他也意识到自己的研究有盲点。

黄：那么是否与学术范式的转型有关？或是学者代际的更替？当时对王富仁批评最厉害的是华中师大的陈安湖。

孙：这是有的。陈安湖是比较古板的，1991年鲁迅诞辰110周年报告最初就是请陈先生起草的，因为鲁迅研究学会觉得他的思想比较正宗，不敢也不会想到请王富仁来写的，就是怕有争议。陈安湖做鲁迅研究也是一种，但那个时候已经不能对年轻人有启发了，无法激动我们了。

鲁迅研究史的梳理

黄：步入90年代，王富仁影响最大的应该是在1994年《鲁迅研究月刊》上连载11期的《中国鲁迅研究的历史与现状》，1999年由浙江人民出版社结集出版。在阅读时，我感觉这本书的写法是比较特别的。比如它的分期，单独将1928年切分出来。比如每一期里学派的划分得非常细，而且命名也很独特，区别于一般的鲁迅研究史。对此您怎么看？

孙：在这本书里，他较为系统地梳理了中国各派的鲁迅研究的成果。书中涉及不同的流派，其中社会——人生派、马克思主义派、英美自由派的梳理是和前人不一样的。我注意到他对于马克思主义学派内部的复杂性的论述，是同代人很少有的一种方式，他和不同前辈的对话也有丰富的内涵。王富仁在书中把这个流派分为不同的层次，比如青年马克思主义理论派、马克思主义务实派、马克思主义启蒙派。他在不同人的研究中都留意到词语背后的悖谬的元素，发现了马克思派的鲁迅研究也存在问题。比如对于瞿秋白的认识，在充分肯定他思想的时候，也发现他理论上的瑕疵，瞿秋白概括鲁迅前后期思想时说，从个性主义进到集体主义，从进化论到阶级论。但王富仁认为，"个人主义"是一种思想的原则，"集体主义"是一种行动的原则，不可以在一个层面上讨论。"进化论"与阶级论也不能在同一层面讨论，"'进化论'是从社会发展的纵向过程上讲的，'阶级论'是在社会结构横断面上说的"。他的这种分析，就将鲁迅的丰富性与概念的有限性的问题揭示出来，就有了继续延伸讨论的意义。

王富仁这样的论述，其实是想为研究的无限可能寻找依据。政治化的评价不能代替审美的评价，甚至不能简单等同于思想史的评价。鲁迅研究的无限可能，从在权威者的思维空间里就能看出一些来。人们对于经典的描绘不会有一个完整无误的框架，而那些以僵化的思维面对文学作家的人，在这种叙述里的尴尬也就自然而然呈现出来。

这种陈述既是对于历史问题的总结，但王富仁自我辩护的意思也是有的。他其实要接着这种理论的缝隙，寻找进入更广阔的世界的入口。而他自己是进到这个缝隙里的人物。他知道，从前人留下的空白点里，能够画出自己想画的图画。

　　黄：其实通过鲁迅研究史的梳理，王富仁自己也得以总结经验与教训。

　　孙：对的。你看鲁迅研究史上特别有意思。当年胡风、冯雪峰遇到周扬对鲁迅的阐释，他们都不满，可是冯雪峰、胡风想要反驳周扬，他们的论文是无效的。但是王富仁的博士论文和他对鲁迅的读解就具有有效性。冯雪峰、胡风、周扬都是左翼作家，都在左翼的知识谱系下来理解鲁迅，而且他们三个人也都膺服于毛泽东，所以他们俩怎么反对周扬，周扬还是立在那里，周扬的理论撼动不了，因为周扬与毛泽东思想始终是在一起的。他们只能是从某一点、某个局部有所叛逆，总体来看，冯雪峰、胡风对于鲁迅的保护，他们思辨的力度、学养的力度是不够的。为什么不够？他们不是不能，而是因为是在场者，是左翼的一员，他们和周扬都是属于内部的。但是王富仁就不一样，他是跳出了在场者的立场，站在学院派的立场上看鲁迅。而恰恰有意思的在于，这里有一个悖论，鲁迅是不能用学院派的东西来讲的，因为鲁迅一直对学院派有反感，你用学院派的方法来研究鲁迅，必然将其简单化了。而且鲁迅是一个杂家、思想者，在这一点上，只有唐弢略得鲁迅文章之一二，但是他又没有鲁迅鲜活的思想，没有胡风那样的锐气，所以他将鲁迅放到京派话语里面来解释，虽然唐弢也是左翼出身。王富仁不是这样，他跳出了周扬、冯雪峰、胡风的圈子，他用马克思主义的基本原理，重新解释鲁迅。你看，反封建思想的一面镜子从哪里来？是从马克思关于《〈黑格尔法哲学批判〉导言》里来的一句话，"对宗教的批判是对其他一切批判的前提"，王富仁受到这句话的启示，"对封建主义的批判是对一切批判的前提"，他的博士论文就把"反封建"作为一个核心点，其他的人物形象、叙事分析等都围绕"反封建"，这个思维方式是马克思主义的。而胡风、冯雪峰他们也谈"反封建"，但是更重要的是"反资产阶级"。当时很多人不能这样思考问题，只有王富仁做到了。这一点是他后来在鲁迅研究史上有如此重要地位的原因。所以他为什么后来要处理鲁迅研究史，因为他很清楚自己是从怎样一个点重新开始的。回到鲁迅那里去，其实这也不是新观点，新康德主义者就讲回到康德那里去。后来汪晖《鲁迅研究的历史批判》又对王富仁提出了质疑，认为他还是从外部来讲鲁迅是一面镜子，没有从鲁迅内部的层面来处理。汪晖就进到日本竹内好的话语里面，或者用现代理论来讲是心理分析。汪晖是比他更进一步了。

黄：您提到很有意思的一个现象。冯雪峰、胡风反周扬，但他们三人的思维方式本质上是一致的，共享了一些东西。然后王富仁来反陈涌他们，但是汪晖后来就发现他们的思维方式也是一致的，都是决定论。

孙：对的。50 年代陈涌的《论鲁迅小说的现实主义》影响非常大，那就是从苏联社会主义现实主义来的。陈涌这个人也是一个真诚的马克思主义者，大约 90 年代，我有一次想去采访他，他不见我。他跟友人说不见我，看了我的文章他说我是自由主义者，拒绝了我的采访。

黄：非常正统的马克思主义者。所以，从这里能看出来，学术范式也是不断地在转换。

孙：但这也能看到鲁迅的丰富性，从这能够感觉到一个作家的伟大，我们学者用单一的谱系是不能够捕捉到他的全貌的。王富仁还有一个重大的贡献是他辨析了很多问题，他把鲁迅研究中很多伪问题给去掉了。比如尼采和鲁迅的关系，过去说尼采是反动哲学家，法西斯主义哲学的源头之一，那么怎么评价鲁迅运用了尼采的资源？王富仁就引用了列宁在《哲学笔记》里的一句话："聪明的唯心主义比愚蠢的唯物主义更接近于聪明的唯物主义。"他辨析了尼采唯心主义对于鲁迅的价值，他是更宽容地看待尼采的资源。鲁迅也不是在德国哲学的逻辑里接受尼采，而是从中国的实际层面来接受尼采。这样，王富仁就把鲁迅早期思想与尼采的唯心主义问题给解决了。

还有一点，他认为鲁迅思想中有很多相反的、异质性的东西构成了一个整体，两个相反的、矛盾的、对立的东西在鲁迅那里构成了一个合力，成为有意味的精神资源。这是王富仁一个重要的发现。这是鲁迅的思维方式，可惜这一点他没有继续往下发展。这是后来一代人做的事情了，但这是王富仁发现的鲁迅研究一个很重要的逻辑起点。在《先驱者的形象》的代自序里他就提到："鲁迅的思想不是一种单向、单面、单质的东西，而是由一些相反的力组成的合力，一种由相反的侧面组成的立体物，一种由诸种相反的质构成的统一的质。在他的思想中，这些相反的东西相互制约又相互补充，组成了一个与传统文化心理有联系但又在主体形式上完全不同的独立系统。"1985 年他能说出这种话是非常不简单的，即便到现在，我们讲鲁迅的思想结构、思维方法，也都不会超出这样一种认知。

黄：我在阅读王富仁的鲁迅研究文章、论著时似乎感觉到他从 80 年代到 90 年代有某种转变。李怡在他的《论王富仁的九十年代》也提到，90 年代的王富仁更为强化思想追求、学术探索中的生命意识，这尤其体现在《鲁迅哲学思想刍议》《时间·空间·人——鲁迅哲学思想刍议之一章》等文章中。您觉得这种转变是否存在？

孙：当然是有的。王富仁 80 年代明显还带有新旧转变的色彩，他是从毛的话语体系中出来，还带着左翼的东西。到了 90 年代，开始了对文化问题的思考，时空更为开阔了。早期王富仁是很生猛的，90 年代则是他的成熟期。王富仁谈论鲁迅的哲学思想，是受到王得后"立人"思想的影响，他也从时间、空间、人的角度来讨论鲁迅的哲学思想，很有意思。比如他解读《故乡》就是从时间的角度入手，谈论故乡的过去、现在与未来，他解读《狂人日记》则是从外在的时间与变形的时间来讨论问题。这方面我研究不够深入，李怡的论述当更有参照价值。

黄： 这种转变与汪晖对他的批评有没有关系？

孙： 应该是有关系的。因为汪晖是更深广，汪晖进入到鲁迅的内面世界。王富仁也意识到自己研究的有限性，他承认汪晖击中了自己。

黄： 我感觉王富仁有特别强烈的自省精神，对于别人的批评也会很好地接纳。比如他在《先驱者的形象》代自序里直接就是自我的回顾与检查，包括后来《＜呐喊＞＜彷徨＞综论》引发论争，他写的辩护文章里都是赞同和肯定汪晖对自己的批评。他对于批评是有反应的，这有点像鲁迅面对创造社、太阳社的批评的反应，后来王富仁自己就有点转向。他的《时间·空间·人》主要从时空角度来讨论鲁迅的生命哲学，这好像是 80 年代他没有涉及的。

孙： 当时谈论鲁迅的生命哲学还有一个人就是王乾坤，书名就叫《鲁迅的生命哲学》。我发现他讨论问题的视点和王富仁不一样，完全是个哲学家，我曾跟他说，你这哲学的逻辑点在哪里？我弄不明白。后来他就写了一本书来回应我的质疑。当时那本书出来后影响非常大。王富仁也探讨鲁迅的生命哲学，但两个人是不一样的。王乾坤是纯粹从哲学史的层面，把鲁迅放在哲学的知识结构里面来打量。王富仁有自己的情感投入，有生命的燃烧在里面，你会感觉到他是用生命在与鲁迅对话，而王乾坤是在用哲学观照鲁迅，各有千秋。

黄：这是否也是一个时期的学术潮流的影响？

孙：会有影响，但是王富仁又不同于他们。比如王富仁与汪晖在判断中国的现实问题上是不一样的，但王富仁也有鲁迅草根左翼的东西。后来有人说他是"落伍"了，他也自称自己是"落伍"的。因为后来讨论现代性、后现代性、福柯、德里达，王富仁的知识谱系里没有这套东西，他是从德国古典哲学和俄国左翼传统来的，这些后来就被认为是过时了。这几年博士论文中引用王富仁的东西不多，引用钱理群的有，引用汪晖是比较多的。每个时代有每个时代的话语体系。有位鲁迅研究者有一次对我们说：王富仁去了南方之后，我们就很少听到他的声音了。他发表了很多"新国学"的论文，现当代文学界关注就比较少了。钱理群还是在中国学界的主流话语里，他是用鲁迅的资源和当代的中国学术、文化和政治进行对话。王富仁就回到了学理的层面上，用鲁迅的资源来讨论中国当代和传统的一体性的问题，他用新文化来关照中国传统文化。

鲁迅与中国文化

黄：2002 年的《中国文化的守夜人——鲁迅》一般认为是他新世纪初鲁迅研究的代表作。这本书中《鲁迅与中国文化》占了近一半的篇幅，阅读时我感觉王富仁是在为鲁迅辩护？

孙：其实也是在回答"国学热"的问题。新儒家认为中国传统文化丢了，以及王元化提出"'五四'意图伦理"，王富仁要回答这些问题，他在《中国文化的守夜人——鲁迅》中讨论儒、法、道、墨、佛家，讨论完这些之后用不太长的篇幅来讨论鲁迅，认为鲁迅和以上几家都不一样。他们很重要，但鲁迅更为重要。他认为当我们讨论中国文化传统时，将鲁迅和中国传统文化割裂开来是不对的，所以他希望青年人在读完《论语》之后，再好好读读《鲁迅全集》。如果抛开鲁迅、新文化的传统来读周秦汉唐，这是有问题的。其实他是坚守着"五四"的立场，进入到对中国传统文化的凝视里面，但这种凝视的目的是要保卫鲁迅，保卫鲁迅与"五四"的价值。

这里也有个问题，有些东西是不言自明的，比如鲁迅和"五四"的价值在当代小说仍在延伸着。莫言的《檀香刑》《酒国》，贾平凹的《古炉》，阎连科的《四书》其实是鲁迅母题的放大，用鲁迅的资源进行当代文学的创作，这个对当代影响很大。钱理群是用鲁迅的资源进行现实批判，和我们日常生活有关系，王富仁则进入学理层面，后来大家就没有那么关注了。

但是深入阅读王富仁的著作，你会发现他激情仍在。他讨论鲁迅与中国传统文化，基本上还是80年代的思维，主要是进行逻辑的推演，没有建立在中国传统文化和鲁迅的资料、史料的辨析基础上，这可能是他没有深入下去的一个点，比如鲁迅和道家到底是什么关系，这些问题是在高远东、郑家建等的论文中回答了。可是文化守夜人这个概念还是很重要，对于王富仁自身而言，是一个深化，他已经从左翼文化、社会主义文化层面进入到中国文化史的层面上来思考鲁迅。时代的变迁使他走向了这一步。他是在回应自由主义、保守主义者对于鲁迅的批判，也是在延续着80年代的思路继续往下走。

黄：您刚才提到王富仁缺乏细节，这是否与90年代学院学理化之后对学术的规范有关？

孙：是的。在这一点上王富仁显得有点"不合时宜"，这种写法不符合学院派的要求，但这恰恰是王富仁的特点。我感觉他身上有一种"匪气"。记得我和他有一年夏天去南方开会，他走起路来是很有特点的，不拘小节，放浪形骸。他发表论文不在意刊物是不是核心期刊，什么杂志都发。比如他写的文章很少有注释，《鲁迅与中国文化》除了《论语》《庄子》等古籍不得不做点注释，其他都没有注释，没有来源。按学院派的规矩，这肯定是不规范的，但这正是王富仁可爱的地方。他是"反学院"的"学院派"。舒芜当年给胡风写信，说现在大学也开始讲"大先生"

了，他就担心大学的话语会把鲁迅讲歪了。现在看来，反而是王富仁、钱理群这种"反学院"的"学院派"更接近鲁迅。所以，虽然他不合学术规范，但读他的文章、著作能够感觉到他也是一个守夜人。正如我代表人大文学院所写的唁电中提到的，他是鲁迅的护法者。

黄：世纪末当时是否有一种"批评鲁迅""告别鲁迅"的思潮？所以他要护法。

孙：王富仁认为鲁迅是可以批评的，研究鲁迅也不能不让人批评鲁迅。但他是在更深入地思考鲁迅的真正价值是在什么地方。他认为鲁迅在很多地方的表达都很真切而丰富，轻易提出"告别鲁迅"是很危险的。他对于远离鲁迅的自由主义、新儒家等是警惕的。所以他在和我们聊天时提及，年轻时对于贺敬之的诗很喜欢，现在觉得不好，太意识形态化，但对于自由主义攻击鲁迅的言论也很生气。有一年我们俩一起到中央电视台录制节目，大约是"读书时间"栏目吧，他就说有人批评鲁迅"没有创造新的东西"，那么鲁迅写的第一篇白话小说、鲁迅的杂文都是过去没有的新的东西，鲁迅怎么会没有创造呢？他是很善于反驳的，很善于运用归谬法，反驳对方，确立自己的观点。这是受到黑格尔的影响。但这里有个问题，黑格尔是个本质主义者，鲁迅又是反本质主义者。用本质主义来保卫鲁迅，这里就会有危险。可是王富仁运用黑格尔是论述文化，当他进行文本细读时，黑格尔就消失了，传统文人的鉴赏美学的魅力则出现了。

王富仁讨论问题是分层次的，他是在几个逻辑层面上来讨论问题，常常分出一二三四，反复跌宕，跌宕反复，这样做其实是在强化自己的观念。但是他又不把自己封闭起来，他一直强调自己研究的有限性。你看他写的前言后记都很谦卑，这与他阐释鲁迅时的自信产生了很大的反差。

黄：我在阅读王富仁的论著时，发现"文化"是他的一个关键词。在《时间·空间·人》这篇文章中他说："鲁迅哲学的核心话题仍然是文化与人。"这是否是理解他的一个维度，也预示了他以后转向"新国学"的研究？

孙：研究鲁迅很自然会涉及鲁迅与中国文化，在《中国文化的守夜人——鲁迅》里面他已经在回答这个问题。他是要在一个更为宏阔的背景下来审视鲁迅。王富仁做得很认真，也有创见。当然，这里也有难处。鲁迅不是从黑格尔式的逻辑出发，而是从散点透视，从边缘的被遗忘的文化缝隙间来建立自己的东西。我个人认为，对鲁迅进行宏大的叙事是比较危险的。但王富仁这样去实践了，这个很不简单，这一点我们做不了。他想对鲁迅做一个宏大的说明，把历史人物放在历史的长河里进行宏大叙事，这本身是没有问题的。可是，这里的悖论在于，正如鲁迅是"反学院派"，学院派对他进行学院式的描述不能达到他的本质。同样，鲁迅是反对宏大叙事的，那我们用宏大叙事研究鲁迅有没有效也是一个问题。王富仁面对鲁迅时，他也清醒地意识到自己的尴尬和难点。恰恰因为这种清醒，他的论述小心翼翼，不敢放出狂言，论证也很缜密严谨。

鲁迅讲述历史是从野史来讲的，不是从大一统的文化层面出发，比如《买〈小学大全〉》《病后杂谈》等篇，但是他很具体，进入了文化最深切的内面。这是鲁迅最大的特点。学院派需要将鲁迅放在历史脉络里来讲，但这时候鲁迅里面微观的灵动的、在幽微之中而见广大的东西，怎么来把握它，怎么在宏大的叙事中放置它，是一个挑战。但《中国文化的守夜人——鲁迅》这本书还是写得好。我认为在他的一生当中，除了他的博士论文之外，这是他的另一个高峰，另一部代表作。

你看他写中国文化的时候，他是"反学院派"的"学院派"。他不太从中文学科的层面来思考鲁迅了。"新国学"其实是有点反中国语言文学一级学科和现当代文学的。他有一个观点，认为新文化运动也是我们的传统，谈传统不能只谈古代，不谈1915年以来的传统，后者也是我们传统的一部分。王得后、钱理群和他也是一致的观点。

《中国文化的守夜人》的观点就在于中国传统文化虽然有不好的东西，但总有一些清醒的守夜人在睁着眼睛，鲁迅就是这样的人。他认为他们这一代人要做鲁迅的护法者，王富仁、钱理群、王得后三个人是典型的护法者。有人问他你是"左"派还是右派，他说我什么都不是，我是鲁迅派。这就是护法者，鲁迅坚定的捍卫者。

这里又有一个问题：王富仁、钱理群、王得后，包括我们许多人，讨论中国问题时都用鲁迅作为参照物，可是鲁迅看中国问题用的是无数的参照物，这里面有中国古代的、现代的、西方的、俄国的资源，鲁迅是丰富而灵动，而我们这种就是单一的视角。这也是学院派的一个问题，也是王富仁意识到的一个问题，所以鲁迅研究是一个挑战性的工作，你要做，可能会有一点点成绩，但是同时你会有很多的问题。所以从这个意义上来讲，我个人认为，鲁迅的丰富性远远超过了孔子与庄子。

黄：在此之外，王富仁从 90 年代至新世纪写作了一批细读鲁迅文本的文章，如《〈狂人日记〉细读》《精神"故乡"的失落——鲁迅〈故乡〉赏析》，《自然·社会·教育·人——鲁迅》《〈从百草园到三味书屋〉赏析》《语言的艺术——鲁迅〈青年必读书〉赏析》，表现出与同时期"再解读"方法的不同，请谈谈您的感受？

孙：刚才我们已经谈到几篇了。王富仁对《青年必读书》的赏析写得太好了，他把它放到语言的艺术里面，这是典型为鲁迅辩护的。很多人认为这是鲁迅很荒唐的答复，他却把它解释得完全是通的。这是典型的护法者的姿态。但讲得很有道理，他是进入到鲁迅的内面世界来阐释和理解鲁迅。这是他在微观阅读上闪光的地方，一般人是做不到的。一般的研究只能从文本出发，对它做简单的注释，他却能把它上升到学理的层面。王富仁文本细读的功力是非常好的，包括对于《故乡》《从百草园到三味书屋》的细读，那种会心之处令人叹服。另外王富仁不是中文系出身，他本科是外文系，没有中文系那种酸腐、呆板的毛病。他保持了那种心绪纯然的感受世界的方式，是一种更为鲜活的姿态。

黄：他很强调个人的感受。

孙：他是觉得过去我们所受的教育都是从大概念，从整体出发来思考问题。这个不好。他说要尊重每个人的个性，从个人出发，然后进入到理论层面上来。这和鲁迅是一样的。这点带有个人主义色彩，但他又不是一个极端个人主义者，他还是一个马克思主义的信徒。

王富仁的意义

黄：王富仁是有着强烈的启蒙意识与姿态的，钱理群在最近的文章里也提到他与王富仁共同的坚守。王富仁那句"现在大家都在否定启蒙主义，你我两人即使明知其有问题也得坚持啊！"是令人非常感动而敬佩的。这个启蒙是否接续的是"五四"新文化运动的启蒙呢？

孙：我觉得他还是回到了新文化运动，朴素的人文主义、个人主义包括早期马克思主义的传统。谈王富仁，除了鲁迅的传统，一定还要谈到毛泽东的影响。这个他说的少。他有一次演讲中谈到 20 世纪有四个伟人：孙中山、毛泽东、胡适、鲁迅。他认为 20 世纪中国文化的起点没有问题，是后来出现了问题，要坚持起点的基本价值观，如大众的解放、个性的觉醒、反对奴役、反对伪士、反对对个人的戕害。陈独秀、胡适、鲁迅、李大钊等提倡的科学、民主、人道主义，他认为这是新文化的方向，我们应该在这个基点上开始发展。他对于"文革"是深恶痛绝，但对于早期毛泽东政治革命的理论主张是认可的。

黄：您能否多谈谈王富仁对毛泽东的评价？

孙：关于这一点王富仁没有写成专著，钱理群写过。据朋友说，他去医院看王富仁，王富仁说鲁迅和毛泽东都是 20 世纪的伟人，虽然毛泽东晚年犯了不少错误，但依然是伟人。

黄：您这个提法很有意思。王富仁身上鲁迅的传统与毛泽东的影响可能会产生矛盾，这似乎可以解释王富仁身上的某些复杂性。比如汪晖对他的批评。

孙：当然，在鲁迅与毛泽东之间，王富仁肯定是更接近鲁迅的。

黄：读王富仁的文章、论著，总会感到有一种宏观架构，理论思辨色彩很浓。樊骏先生曾点评王富仁"是这门学科最具有理论家品格的一位。"对这一点，您怎么看？

孙：当时现当代文学研究的学者很多都是文学青年出身，基本上都带着布尔乔亚的感受。王富仁不像其他人侧重于文本、辞章之学，他一开始就带着思想者的眼光来审视鲁迅的遗产。当人们都在现代文学的层面上来把握鲁迅的时候，他是站在政治哲学、历史哲学的层面上来把握鲁迅。第一个把鲁迅放在这个层面上来描述的应该是瞿秋白，再就是毛泽东，因为这两个人的论述是把鲁迅放在中国革命的大框架中，鲁迅一下子就进入到宏大叙事，进入到知识界和革命话语中。后来等到毛泽东思想成为唯一的真理时，人们只能用毛泽东思想来阐释鲁迅。王富仁是用马克思主义来阐释鲁迅，但里面也有一部分毛泽东思想。他阐释鲁迅在气象上、构架上与毛泽东有很多相似之处。毛泽东说，中国古代有圣人，是孔夫子，现代的圣人就是鲁迅。《中国文化的守夜人》中对孔子的论述、对鲁迅的评价，与毛泽东是很像的。甚至可以说，在鲁迅研究史上，他是第一个把鲁迅放在宏大的哲学叙述里。他有系统性，有他自己的逻辑性在里面，这是老一辈鲁迅研究者不具备的。所以，樊骏说他是最具有理论家品格的一位，这个说法是很对的。而且他的思辨能力也超过了陈涌那一代人。在这个意义上，他在整个鲁迅研究史上地位是非常高的，他对我们这一代人的影响是非常大的。

黄：这个与您刚才提到的毛泽东影响也是相关的。

孙：你看《〈呐喊〉〈彷徨〉综论》里面对于毛泽东理论的衔接。他反对用毛的政治革命的框架来解释鲁迅，发现用毛的政治革命框架解释鲁迅是无效的。这也是80年代王富仁轰动的原因之一。我们都受过毛泽东的影响。王富仁的论文大气磅礴、摧枯拉朽、汪洋恣肆，我们当时就被征服了。他脱离了毛泽东的另一部分，所以当时很多人反对他。但他认为自己是运用马克思主义来研究鲁迅，并不是反对毛泽东的一些判断。

黄：后来王富仁写过回应长文《关于鲁迅研究中马克思主义方法论的几个问题》，主要就是在讨论马克思主义方法论概念，比如绝对真理、相对真理，文学反而谈得少。

孙：他一般在几个概念里反复推演，这个方法一般人做不到。到现在，谈到宏大叙事，没有人能做到这一点。现代文学研究界，能用古典哲学来做研究的，他至今仍是唯一的一个。

黄：王富仁在2006年《我看中国的鲁迅研究》中对当前的鲁迅研究是有批评的，他说中国相比于日本、韩国的鲁迅研究，不是少了，而是多了三样东西：绅士意识、才子意识、流氓意识。或许有些偏激，但却是对于鲁迅研究界的一个警醒。那么，您怎么看待当下的鲁迅研究？王富仁的警醒对于当下是否还有意义？

孙：才子意识、绅士意识是有的，不过他也说过，对鲁迅可以有不同的阐释。他这是在批评鲁迅研究者没有坚守鲁迅的基本思想，只是把鲁迅当作一个饭碗、一个花瓶。这其实与鲁迅杂文里面对当时中国形形色色的读书人的批判很相关。他不满意于鲁迅研究界的情况，我觉得可以理解，有一些鲁迅研究确实是比较浅薄的，另外有些是纯粹为了申请项目、评职称，是正确的废话。但另一方面我觉得新世纪以后凡是进入鲁迅研究界的学者，只要他在认认真真研究鲁迅，就都应当向他表示敬意。现在还驻足于鲁迅的文本，不管它有什么目的、什么方法，都是可贵的。因为每个人的知识结构、经验都不一样，你也不能要求每个人都成为像钱理群、王富仁这样的人物。各种鲁迅研究都可以存在，但会有深浅之别、高低之分。我想他写这篇文章是站在知识分子批判的立场上，觉得知识分子的立场弱化了，从这个意义上来看，他说的是对的。

黄：最后一个问题。作为一个后辈学子，我想请问您觉得王富仁对于后学有着怎样的启示？

孙：我觉得他最主要的品质是坚持自己的个性。看准了自己的选择、道路就坚持下去。他有赤子之心，有大爱的意识，同时又有一种决然。他敢于跟流行的东西说不，敢于拒绝，拒绝了尘世间很多的诱惑，所以最后他很孤独。这是选择带来的另一种悖论。我觉得他这种打通古今中外，把鲁迅放在古代文学、比较文学、当代文学的层面上来研究，这样一种视野是值得我们参考的。另外，学问是为人生。"古之学者为己，今之学者为人。"他是为己为人统一得比较好的。但也有代价，就是孤独。

　　黄：谢谢您。

2017 年 5 月 25 日

辑二

（2016 年）

台静农往来书信

鲁迅生前给台静农的信件达 44 封之多，看得出彼此的关系之深。台先生 1902 年生于安徽霍邱，1922 年到北大读书后，开始接触鲁迅的作品。他们的相识，在 1925 年。作为鲁迅的学生，台静农是个非激进式的人物，他的憨厚、老诚以及对艺术的敏感，给鲁迅留下的印象甚好。彼此的交往没有因环境的变迁而受到影响。看他们往来的书信，能够感受到彼此的性情，他们日常生活的趣事，也在此流露了许多。

在海燕出版社新推出的《台静农全集》里，看到一册《台静农往来书信》，一些过去没有见到的文章得以寓目，真的有惊喜的感觉。他生前交往的人物，多有学问，且系一代风云人物。但彼此的对话，以学问为多，故无一般文人的功利性语调。我尤为关注他与鲁迅的交往，能够看出其知识结构颇为深层的元素，这对于了解其人其文，不无帮助。

他与鲁迅最早的交往，主要集中在文学创作方面，其作品都受到鲁迅的暗示，模仿的痕迹一看即知。那些关于乡村生活的描述，有《呐喊》的诸多形影，主旨亦含有对乡土的思考，泥土气弥漫在字里行间。鲁迅在编辑《中国新文学大系·小说二集》中，选其作品多篇，并有不少肯定的话语。但后来，他们都很少再写小说，鲁迅沉浸在翻译与杂文写作中，台静农竟转道于学术。那时候许多青年转向，鲁迅颇为忧虑，但对于台静农，却有鼓励的话。由此可见，对于安于学术中的人生选择，鲁迅并不否定，关键是看青年的态度建立在什么逻辑的基点上。1933 年 12 月 27 日，在致台静农的信中，鲁迅写道：

> 北大堕落至此，殊可叹息。若将标语各增一字，作
> "'五四'失精神""时代在前面"，则较切矣。兄蛰伏古城，
> 情状自能推度，但我以为此亦不必侘傺，大可以趁此时候，
> 深研一种学问，古学可，新学亦可，既足自慰，将来亦仍
> 有用也。

20 世纪 30 年代后，台静农的兴趣转到古文化研究之中，他知道鲁迅正在收集汉代造像，便为之搜求了许多。仅 1936 年 6 月 1 日，给鲁迅寄去的汉代造像达 18 幅，均为难得的佳品。从鲁迅留下的文字看，台静农给老师带来的喜悦，自不用说。那种在古老的遗存中寻觅精神之火的快感，在他们的神态里都可看到一二。他们的品鉴古董，不似旧派文人的自恋之情，其实大有幽思的流动。在与古人的行迹对视的瞬间，未尝没有自省与追问。而借旧的文辞与图像阐发人生之要义，也内含其间。这一方面，

研究鲁迅的人不太涉及，也遗漏了其间的思想之点，其实也是遗憾之事。

鲁迅去世的时候，台静农颇为难过。在致许广平的信里说："豫师去世，惊骇万状……山颓木坏，世界失此导师，不仅师门之恸也。"他随信寄去三百大洋作为奠仪之资，这在那时候是少见的。因了鲁迅的思想，他对于自己的未来，是有一种内在信念的坚守的。深深感谢自己的导师，在他是情感的自然流露。

与鲁迅诸弟子不同的是，台静农后来既没有走战士的路，也没有在文学创作的途中。他辗转于济南、四川、台北，与激烈的文化场域甚远。自1946年赴台湾教书后，几乎被文坛所遗忘。鲁迅逝世后，台静农几乎与左翼作家没有多少交往，在来往书信里，可以看出后来的生活行迹，与古文为伍，和诗画相伴，神游于考古文献，醉心于书法之道。交往的人物很杂，陈独秀、陈垣、胡适、张大千都与其有特别的关系，而所谈多学术与艺术之事。行走于古老的迷津里，另辟了人间的生路。这对于他，都是不得已的一种选择。

启功先生谈及台静农，对其书法上的造诣，颇多肯定，以为是一位高人。张大千晚年因为有这位老友而倍感欣慰，能解其心者，在台北也只有台氏等少数之人。晚年的台静农，文字不多，书画创作占去许多精力。他的书法，笔触遒劲，士大夫的迂腐气是没有的，好似精神的腾跃之姿，笔墨间是豪放的调子。而绘画亦新鲜可感，与民国的画家路径不同。这些作品，都可解释他晚年的心境，细细解读，有诸多的精神隐含。

一般人以为，台静农已经远离了鲁迅之途，走上了隐士的旧路。而在趣味上，和京派亦有交叉的地方。其实我读他与友人的通信，看其关于汉代、六朝的描述文章，以及阐释出土文献的文字，隐约感到鲁迅的幽魂的流动，似乎延伸着"五四"那代人的个性。比如他谈汉代文学，语气就从鲁迅那里来，连看法也是相近的。在论述六朝文化的时候，仿佛也在谈国民党统治下的台湾的情境，内在的隐含，也是有的。他在学术里，承载着人生的清寒之味，又能于己身的困苦，推及历史烟波里的芸芸众生，遂有了旷世的苍凉。这些，都不是表面的文字所能看到的，有婉转的掩饰，乃一种不得已的修辞。用学术来表达对于人间世的看法，那深度，我们以常人之语是说不清的。

我自己喜欢他所写的一些杂文随笔，这些数量不多，而深意在焉。那些文章，举重若轻，文字是在古老的文明里浸泡过的，金石气和六朝气均在，悠悠然多中古遗响。他写陈独秀，气韵仿佛有阮籍之色，而谈北平学人旧事，总让人想起晚清文人的儒雅和干练。即便是书信，文字亦好，可作美文来读，那文气，也得鲁迅夫子的光泽。在台湾不得自由的日子，他以另一种方式面对苦难之路，精神不得陷落，也是鲁迅遗风的作用吧。

2016 年 1 月 8 日

谈《梁启超家书》

在报纸上看到对郑培凯先生采访的文章，内容是，他年轻的时候轻视传统文化，叛逆之情浓浓。出国留学后渐渐意识到传统的意义，开始研究古代遗产的精义。他的结论是，你可以不喜欢传统，但不可无知。而我们的教育对传统的态度，是有问题的。这使我感到，自从儒学式微，中国的教育一直处于摸索的阶段。新式的教育模式如何合理地处理心性与智性的关系，争论的时候居多。早有人说，"五四"之后，中国的新教育破坏了文化秩序，把古老的遗风破坏了。所举的例子之一，是梁启超的家教如何成功，而鲁迅的那套则不行，他的方式，不及梁氏有效。新文化大师的后人中，多没有杰出的人物。

解玺璋兄近来编辑的《梁启超家书》，也涉及这个话题，其间的导读文字，别有深意。他是非学院派的学人，对梁氏的其人、其文的领会，都有鲜活的地方。为梁启超的尺牍作注，是还原历史的一个步骤，但根底在为今人做一种人生观的说明，在功利主义教育弥漫的时代，梁氏留下的遗产，倒可以衬托出我们教育模式的一些问题。

梁启超被持续关注，除了他自身的原因外，和他的子女的骄人业绩大有关系。他几个后人的成就，也现出了其精神背影的特别。有人据此研究他的家教的成功，写过许多有趣的文章。我读他的家书，感受到中国家教里特别的地方，儒家的意味固然多，现代性的理念也未尝没有。倘若做生平史料或个人心史来读，也是可以的。这在那个时代，也确乎是一个特例。

《梁启超家书》刊载了梁氏致九个子女的信件，从 1912 年到 1928 年，依次下来，其中附有《三十自述》《双涛阁日记》等。看梁氏与子女的对话，显得耐心、亲切，学问与趣味均在，个性和情怀都刻印在字里行间。新文化运动前后，流行的思想很多，但他似乎养成了一种定力，不以流行的思想培育后代，推荐给孩子的多是古书，《四书》《史记》《资治通鉴》均有，苏轼、韩愈的文章常被提及，其知识结构和趣味也看得清清楚楚。不过，梁启超与孩子谈读书，都是在世界背景下，不都是啃古老的骨头。即以现代人的思维发现古人。而且，一面警惕读书中的八股意识，另一面也防范新学中的狭隘的专业视角。古今和中外不是生硬的隔膜，天下有用的知识咸入法眼，且能以寻常之语道之。在大量的尺牍里，传达的是读书之乐，工作之乐和生活之乐。让孩子分享自己的精神愉悦的部分。但又不掩饰人生的挫折，也把黑暗的现实呈现出来，如何应对，怎样克服，都一一交代，且以挚意传染后人。在表达读书之乐的同时，又能以危机意识作提示，不要忘记处于忧患之世。他偶尔也把自己的苦楚、不安告诉家人，人间世原也是大的苦海，有己身的本领，方可度过不幸。而那其中的办法，则是知识与修养、品德与境界的提升。

"五四"之后，新文人把旧式教育的弊端写得清清楚楚，而梁启超却没有选择这样的道路。而是以新眼光激活古代的知识，用心性的自然去吸取营养，告诉孩子古代里的遗风，亦可增暖意、强意志、得精神。涵养于儒林之中，超乎世俗之外。但倘不知俗谛，则亦会迷失于文字之中，成为无用的呆人。梁启超深知其间的道理，他把读书与生活，一体化起来，书中之人与人中之书，在视野里是立体的存在，较之同代的书生，是颇熟悉育人的内在逻辑的。

读梁氏的文字，感到了气魄的大，家教里没有酸腐的影子。以私的角度看公的世界，又在公的世界瞭望己身，构成了梁启超尺牍的一个话语逻辑。他和孩子交心，没有盛气凌人的样子，谈世道人心，也把自己摆进去。比如言及佛教所说的"业"和"报"，能以自身体验展开话题，告诉子女人的"自性"的重要性。他很少讲成功学，而是把应对困难作为话题的核心。在信中，他常常要求子女多接触域外的文化，到各国看看，在多维度里思考问题。在谈天说地间，将认识世界的快乐，与衣食之乐并举，全无说教气，保全了儒家的美质，又能将现代观念融入青年人的周围，那效果，是与传统的儒学教育有别的。

解玺璋在导论里对比鲁迅与梁启超的家教，认为前者乌托邦的地方殊多，后者是切实可行的。今天的家长，倘舍梁氏而趋鲁迅，大概得到失败的结局。其实我自己看来，鲁迅讲以幼年为本位，也未尝不对，梁氏不恰是如此么？鲁迅讲我们现在怎样做父亲，针对的不是梁启超这样的人，而是还在蒙昧中的群落困顿的人。在鲁迅、梁启超之间，教育的方法孰优孰劣，非一句两句话可以说清。窃以为在教育的模式上没有一个通用之规，通往成才的路，总是无数的。

汪曾祺有一篇文章叫《多年的父子成兄弟》，既无鲁迅的殉道的悲壮，也无梁启超的循循善诱之状，讲的是散淡的父子关系。精神的生长靠生活方式的传递，人性健康的因素和智性的因素在温情的氛围是可以传染的。家教之道，真的不一。鲁迅的"肩住了黑暗的闸门，放他们到宽阔光明的地方去"，一境界也；梁启超的"淬厉其所本有而新之"，以古含今，二境界也；至于汪曾祺那种"无疾言厉色""没大没小"的方式，可算是第三种境界吧。上述三人，都是古今皆通，又深味中外的作家。第一种境界逆环境而求生存，非常人可做到，后两者则在适应中寻求自我的生长，也是逆俗的选择。以梁启超的家教经验来看，看似古老的东西多，实则是经过现代"新民"思想的沐浴。因为知道域外文化的优劣，故亦能明国故的短长；也因为知道国故的短长，所以放孩子到更宽阔的舞台去，得到了东西方文明中最美的遗存。我们的教育回到儒教的老秩序去，其实已不太可能了。

2016 年 1 月 30 日

在古风之中

白话文运动兴起不久，周作人就意识到口语的表达其实很有限度，仅仅在日常语的层面似乎不能建立更丰富的精神维度。迎合其观点的人，多是书斋中的作家，他们在士大夫的惯性下思考问题，白话的机制便有了几许变化。典型的例子是京派文人，文章在文白之间，辞章里翻转出几许古风。废名、俞平伯都在此理念下泼墨为文，一时造成了一种气象。但革命文学的时代，大众的文学被红色批评家推崇，周作人欣赏的文章渐渐隐到历史深处，现代的文章之道，格局就发生了些许变化。

20世纪80年代扭转文风的，是汪曾祺、孙犁诸人，他们由左翼词语向传统的话语转化，无意中也有与京派文章学理念交叉的地方。汪氏本来属于京派的一员，而孙犁则是"革命文学中的京派"[1]。两个人都在新旧间游移多年，趣味沾染京派的味道也实属自然。他们的实践的结果，是改变了文章书写的路径，把革命之后的文学术语，退回到"五四"的文脉中，大众化与泛意识形

---

[1] 这个看法，最早从解志熙先生的交谈中得之，我以为很有道理。

态化的辞章，被一点点消解了。

由现实的泥土气和苍凉体验回到古人的词语之间，白话文有了另一种韵致。较之废名、俞平伯、沈启无、江绍原的笔意，汪曾祺、孙犁的质感更贴近读者，对于汉语的自身潜能的思考，也是别人不及的。这场无声的文章革命，得到许多老作家与学者的呼应，端木蕻良、吕叔湘、张中行的作品，都改写了文章学的地图。八九十年代，如果不是这些人的复出，汉语的自觉，或许还要推迟一段时间。

贾平凹的写作，恰逢中国文坛变调的时期，他有幸与汪曾祺、孙犁成为忘年之交，受到的熏染在后来的写作中日趋显现出来。不过，最初的时候，他的审美的转变，并非都来自新京派的启示，而是咀嚼谣俗与自然界的心得。他在西北深味民风之趣，又能够在汉唐遗物里看出天地精妙之语，遂有了"精于其道的自觉"。因为涉足杂学甚早，文学的观念就从流行式向京派式过渡。这虽然是无意中巧合，所感所思，与明清以来的"言志"散文颇多一致。这种情况，和当时的阿城颇为相似，《棋王》《孩子王》《树王》写作之前，阿城也没有读过汪曾祺的作品，但他们文脉彼此的相关，是被读者渐渐发现的。

80 年代初，贾平凹就说自己是个杂家，喜欢绘画，看看杂书，音乐、象棋都有所浏览，书房里不乏建筑、医药、兵法、农林、气象、佛学之书[1]。他在古人的墨迹里感到，大凡文章有趣者，都是"自我发现了自己的悟性"[2]。此语在那时候的作家说过的人不多，也无意中衔接到周作人所说的灵性的文章之列。西北的土地随处可以看到古迹，阅读残碑断垣，亦能嗅出诗文的妙处。1984 年，他在一则日记中写道：

> 同 X 友往去霍去病墓看石雕，大惊。凝重的团块加流利的线条便产生了艺术的珍品！回来便将书架上的那件景泰蓝青瓷悄悄装入柜内了。怪不得大汉强盛，怪不得清朝没落。夜不能寐，书"大汉朔风"四字，悬墙头。[3]

这无疑是思古者方有的趣味，推想鲁迅当年抄古碑的惬意，也类似于此吧。当视野集中于时光深处的遗存的时候，才知道我们今天丢失什么，而在远去的遗迹中，看得出心绪的自由与创造，在一种历史的反差里重新打量自己的时候，什么要写，什么应有所遗漏，都在不言之中。孙犁当年为贾平凹的散文写序时说："贾平凹是有根据地，有生活基础的。是有恒产，也有恒心的。"[4]孙犁在其文字里嗅出别人没有的气息，古散文的好处历

1　贾平凹.贾平凹散文全编·商州寻根〔M〕.吉林：时代文艺出版社，2015：268.
2　贾平凹.贾平凹散文全编·商州寻根〔M〕.吉林：时代文艺出版社，2015：244.
3　贾平凹.贾平凹散文全编·旷世秦腔〔M〕.吉林：时代文艺出版社，2015：219.
4　孙犁.孙犁散文选集〔M〕.天津：百花文艺出版社，1993：182.

历在目。由贾平凹的实践，孙犁说出许多感慨的话，以为古今散文好者，均有高尚的情操。孙犁在序言里谈了许多古代文人的作品，那些也是贾平凹的所爱。"风里也来得，雨里也去得"，是好的文章家应有的境界。

贾平凹身上的古风与故土的话语方式颇为接近。许多词语说起来都有意思。比如其家乡人称人为"走虫"，叫"招呼"为"言传"，这些偶可在古书见到，而商州的日常口语却普通得不能再普通。他自己说：

> 有人说我古文底子好，夹杂了古语。其实，我是吸收了一些方言，改造了一些方言，我的语言的节奏主要得助于家乡山势起伏变化，而语言中那些古文，是直接运用了方言。在家乡，自陕西，民间的许多方言土语，若写出来，恰都是上古雅语。[1]

拟自然，拟民风，古人的韵致便悄然而出，这比京派文人复印明清小品，多了野性和山水之意。而他只要贴近自己熟悉的山村人物与草木花虫，诸多情思与诗意便翩然而至，不需刻意为之。我们看他的小说，叙述很是自然，开合间有文气漫开，都非文抄公那么正襟危坐，而是流水般缓缓而去，泻出自然山水的静

---

1 贾平凹.贾平凹散文全编·远山静水〔M〕.长春：时代文艺出版社，2015：38.

谧之气。在封闭的山野，打开丰富的词语之门，老树、冻土、冰川、花草，在不经意间竟有了古人式的气象。

贾平凹对于语言的敏感多来自对于生命内觉的体味。他说语言与身体有关，那么也和六朝人的凝视自我多有暗合。生命有伤有残，亦有盛有衰，韵律婉转，不会齐一的。他在汉代石刻里看出雄浑之气，在六朝陶俑中嗅出冷静之美，而唐代人像则有胡人之风流动，天地之音缭绕不已。这些正与彼时诗文的韵致相仿，体格的变化亦窥见文化的变化。章太炎当年说汉人尚武，骨骼伟岸，其时文亦辉煌，都是一个道理。

我阅读他40年间所写的文字，觉得不像所属时代的产物，仿佛多余者的自言自语，很少京海两地文人的痕迹。他审视故土里的遗存，在衣食住行间看出古人的灵魂。比如讲到秦腔，就在黄土地深处，听到远去的神音的盘旋，每个贫困的农民都因了它得以神助。写到乡民的占卜、神怪之姿，好像汉代画像里的风景的再现。贾平凹的文字安静，情节细小，但背后的苍凉的旷远之味，那些不是自己的创造，而是一种发现。西北的微末渐至远大的足音，也从字里行间滚滚而来。

民国的老白话文学，词语多江浙的原版，吴音袅袅，沪声琅琅。周作人与俞平伯崇尚的晚明之趣，也夹杂几许南音。即便是废名的禅风文字，也由楚调而一变为竟陵之曲，南国的柔软的音符跳跃在辞章的上面。贾平凹的作品内有秦腔的流转，泥土里生出的浑厚，和古奥中的清新，岂是京派文章的一路？他笔下的土门、废都、秦俑、古寺等等，是西北的什物，生生死死间，系着精神的恒远之色。陕西乃革命的旧地，延安文学和艺术只借用了民谣的一点情调和感恩之语，广漠里的古音未被革命者所采用。贾平凹一反旧态，从今日百姓的口语与神态，读出千年历史，将悠远的美质唤来，一起在黄土高原参悟天语人心，那就拓展了新文学的天地。不仅弹出京派没有的旋律，也把革命话语之外的民间土调激活了。

这种书写被看成一种神秘的表达，其实不过顺从自然的自吟自唱。那些关于商州的点点滴滴，来自于悉心的捕捉，他在山之阳看到日光底下无新事，对着轮回之光生出无边的感叹；而于水之阴则读出谶纬之气，巫祝的影子覆盖着人间诡秘。这些都是士大夫不愿书写的存在，儒家的虚伪抑制了他们的想象。在这个意义上，贾平凹有点像失意的乡人围绕的占卜者，风水、气候、运势、阴阳之变，悉入眼中，人间幻象已经遮住人眼，写作不过是把那隐藏的一切昭示出来而已。

1989年写下的《废都》，虽然乃都市的写真，但山野式的巫语渗透进来，多了古小说的神态和乡村谣俗的神韵。有人说那是晚明颓废之风的再现，其实不过妖道般的咒语，从土地深处移至西京，本然还不是士大夫的东西，乃古代爻辞的移用。明代文人的婉约之态淹没在楼台烟水之间，多少还有清秀之气，而《废都》则多了土墙、枯树间的老气，现代人不幸倒在古人的咒语中，天地的朗然之风何能见到？

《废都》里偶然看出作者的读书趣味，《金刚经》《五灯会元》《西厢记》《梅花易数》《大六壬》《邵子神数》《浮生六记》《闲情偶记》……红色文学的词句全无踪影。贾平凹大踏步后退到灰暗的世界，在身边发现了《金瓶梅》里的人物的兄弟们。历史乃轮回的游戏，人间不过大的梦幻。他在生命之旅应验了庄子的寓言，汉代朗照消失，明清的残雾顿生，将那真实的感受写来，不遮不掩，使他体味到回到自己的快意。

贾平凹最深切的作品都是困惑期的产物。像《废都》这样的作品，无论在辞章和结构上都不同于先前，在几近病态的表达里，扭动着时空，诡异的街市，惆怅的文人，无聊的民众，把古城的秩序颠倒了。小说开篇的西京，有一点妖道的氛围，仿佛幻境里人与事，语言是古老的白话，人物又那么当下。当他以失败者的姿态出现在文坛的时候，精神大变，神通四极，思接八荒。"检讨起来，往日企羡什么辞章灿烂，情趣盎然，风格独特，其实正是阻碍着天才的发展。鬼魅狰狞，上帝无言。奇才是冬雪夏雷，大才是四季轮换"[1]。经历的一次自我的撕毁，也迎来了作者的一次解放。无论在思想上还是诗趣上，都更带点鬼才的意味，流行的伪饰之思，在他那里完全颠倒过来。

不妨说，《废都》是都市人文价值崩解的哀歌，而《古炉》则是乡村社会溃散的写真。显示其精神高度的是《古炉》，那也

---

1 贾平凹.废都〔M〕.北京：北京出版社，1993：519.

是旧式小说没有的遗存。小说笔下的人生，不过一种黑色的命运的衍生，懂得人间妙意的不过通神语的孩子，和能够掐算卦爻的善人。这些意象，均来自古风缕缕的商州，那些千百年的灵语，激发了作者的想象，对于人间一切，也有了表述的底色。于长卷里喟叹人之生死，在册页间点化爱之有无。这种书写，看似士大夫的一种，其实有着民间艺人般的智慧和才情。

《古炉》的妙处是写了乡村的寓言。"文革"荒诞的历史与远古的神秘巫风竟在一个调色板里。小说设境之幽与人物之奇，都可以与域外同代优秀的作品比肩。贾平凹一反《废都》的绝望之笔，在怪异的场景里多了冷寂的幽默和反讽，鲁迅的意象也浮动出来。小说的语言炉火纯青，实语与梦语，古话与俗话，鸟音与人言，在一曲交响里跳跃，万物灵气闪闪，而人间灰色漫漫。这是贾平凹最重要的小说，它内在的隐喻，其实有历史的回应。那段不堪入目的经历，经由其笔，隐入我们民族记忆的深处。

1996 年，他有了一次江南之行，从苏南到浙东，沿着古老的城市走了许多地方。作协的领导原意是让他看看新时代的精神，以摆脱晚明文人的气息。领导的安排，不过希望其思想注入时代新风，长久在古老的诗文里，不免落伍之嫌。而在山阴道上和苏杭水路，他却不改旧态，表面是采集新风，实则喜读旧俗。他对于晚明文人的趣味飘然纸上。其中令人想起张岱、袁中道的笔意，散淡之中，含出些许人间感触，学识与诗味儿均润湿纸面：

今日来到如皋，无意中得知明末冒辟疆和董小宛旧居在此，哦的一声，急急赴去，见识了一处小小的园林，是称作水绘园的。水绘园建筑是徽派风格，一半为水，唤做洗笔湖，一半为屋，有匾"水明楼"，格局约束，构建却极为静雅。时天降雨雪，格菱窗花墙见雪如絮入湖无声无痕，顿觉阴冷异常。穿过一堂，过窄廊，在庭院间看奇石异木，浑身已索索颤抖不止，直到书堂立于冒、董旧日画像之前，忽然平息，不知什么缘故。书堂过后，有琴室，双层透雕的红木竹屏里，一长桌供香，一几案置琴，琴已不在，有河泥烧制的空心琴台，鼓杌在旁。伫立长久，逮不住湖风里有一丝音韵，低头往琴台案下看看，自然不见那长裙下一点鞋头，地砖粗糙，缝合模糊。默默又过廊亭，踏梯上楼，楼上隔间更显拘谨，船舱式顶棚，有寐房，有吃茶间，床榻空空，躺椅脱漆。遂想数百年前，复社名士伤于国事，绝意仕途，携才美人栖隐水绘，游觞啸咏，那诗书之笔洗墨于湖，湖底游鱼最知，那瑶琴古时不操而韵，今留琴台，风雪里才诉这般凄冷？[1]

文章乃张岱的笔调，又多《红楼梦》之曲，旧式士大夫的

1 贾平凹．贾平凹散文全编·远山静水〔M〕．长春：时代文艺出版社，2015：142.

感觉一洗心绪，全没有接受思想改造的压力，以思古的幽情面对世界，西北人的高亢转为低吟，公安派的才思历历在目。作者欣赏南人的精秀，不满于格局之小，但那古人的精神亦让其有感于斯世之苦。贾平凹以布衣之躯而涉步楼台烟水之间，与晚明文人对目而思，好像体味了衰败之曲里的感伤，失败者的痛感依稀可辨。这种睹物思人的辞章，已经没有"五四"文学的颜色，他越过新文学的话语，从远古的隐地里拾来旧绪，则分明有明清文人的样子了。

> 欧阳修看梅圣俞诗作，见其笔中花草横飞，大叹其间诡秘：凡士之蕴其所有，而不得施于世者，多喜自放于山巅水涯之间，见虫鱼草木风云鸟兽之状类，往往探其奇怪，内有忧思郁积，其兴于怨刺，以道羁臣寡妇之所叹，而写人情之难言。[1]

这似乎也可以解释贾平凹的叙述策略，其趣味所在，不过与时风拉开距离而已。在士大夫传统中，正宗的儒家之思被野趣所代，所来有自。庄子对孔子不满的时候，用的岂不也是这类手法？

这种选择无疑是对革命文学传统的偏离，也与"五四"的

1　欧阳修．欧阳修全集·《梅圣俞诗集》序〔M〕．北京：中华书局，2001.

激进之思颇相左右。汪曾祺、孙犁也喜欢晚明文章，但他们从革命文学里回到古人的世界，旧的辞章还带有清朗之气。贾平凹颠覆了左翼话语，他在作品里对于旧我进行了一次彻底的清洗。但因为知识结构的限制，回到古人那里则成了自然的回归。对于这样的选择抨击的最严厉的是革命文学队伍中的老人。我们看看20世纪90年代批评界的反应，似乎也可以说明什么。

贾平凹后来的选择，与孙犁对他的希望，终究不同。他在审美上大踏步地走进诸多禁区，将老一代人不可能涉猎的题材，纳入自己的视野。比如善于对丑陋的存在的凝视，有时甚至突围到无人的禁忌之所。不是从纯中见美，而是在丑里现美。这不禁滑入自然主义之地，病态、鬼气、死亡在作品里联翩而至。在非自然的地方寻找自然，于畸形之地见朗健之人，形成了作者的辩证法。这些可能来自现代主义的暗示，和自然现象的启发。以"思有邪"的方式面对人性的世界，相信美诞生于浑浊之中，恰有他的世界观的特点。不是从先验的精神照耀世界，而是在灰暗里的自我调整中发出光热，黑白俱在，美丑相间。孙犁式的清俊之美，被他的混杂之趣代替了。

这种转变是对前人传统的偏离，它更为恰当体现了作者自己的本色。按照内心的感受为之，不是听命于外在理念的干扰，审美便成为自己生命律动的一部分。他于不动声色间的狂放之笔，走异端之路而心绪时时保持安宁，就有了东方审美的奇异性。这是庄子、嵇康、苏轼曾有的传统，"五四"以来的《语丝》

派的无所顾忌，也是如此的吧。只是贾平凹更为乡土，远离学究式的冥思，而多土地上的神音，在杂花异草里溢出野气，既是自然的本色，也是作者的本色。

与贾平凹同时期的作家阿城的写作，也隐含着复古的意味。他们都以自己的逆忤之笔，开启了小说写作的另一条道路。阿城与贾平凹不同的是，从城里走到乡下，由雅言转为俗调。这俗调环绕着人间常识，闲言闲语中有乡下与市井里有趣的风景。阿城的小说里有古朴的洞见，洒脱中不乏智性的因素，他对于文体的控制更像京派的文人，文字背后是许多看不见的学识。与阿城的学者的眼光不同的是，贾平凹一直在乡土的世界盘旋，他即便进入古代文化的语境里，也不改西北的乡音，小说里的封闭性也在所难免。而阿城的俗世风景里，其实有一种雅言的流转，他后来成了大的学问家，与其乡土意味较淡不无关系。

阿城警惕文艺腔，故文字饱满而随意，不走怪异之路。贾平凹则提倡美文，怪力乱神是常在笔下的。不过，虽然他也倡导美文，有《美文》杂志行世多年，但所谈的"美文"不是周作人的"美文"，后者乃学术小品，是散论与诗趣的结合。比较京派的学问，贾平凹显得简洁单一，希腊的古曲，英国的札记，日本的俳律，对他都颇为隔膜。滞于古调，而不能洗刷旧迹而唱新曲，恰是他的短板。而阿城的目光向世界洞开，对于文体的理解有世界主义的因素。他赞美木心"在贯通中西和锋利方面，当代中国作家没有一个人能够超过他"。[1] 贾平凹缺少的可能就是这种贯通，在聪明与睿智方面，阿城的所思所想，在宽度中也照出了贾平凹的许多尴尬。

贾平凹理解美文，还在旧的文章学的层面，对于文坛无疑有不小的冲击。但难以渡到鲁迅的那个岸界，缩小了自己的疆土也是自然的。我们看《语丝》《莽原》上的文章，古的也来的，洋的也很多，采古人之思，得域外之趣，又直面多难的社会，那文章承载的，岂是别人可及？贾平凹后来意识到自己的问题，他在小说世界呈现着生活的多重性，其实恰在克服内心的单薄。而一旦拥抱复杂的社会，其文其调，则也有了书斋文人所鲜见的气象。他后来在格局与气象上超过阿城诸人，可能与对生活的理解的精深大有关系。

按照废名的观点，中国的好文章，多在厌世与哀凉之间，佛教的因素才刺激了人们的想象，由此有了虚实间的空灵。贾平凹的辞章是得意于虚实间的妙意的，《带灯》里的写实气味很浓，但又常常在闲笔里差出诗意的随想，古人的诗词之味儿过来，全篇便动了起来。《老生》写乡下故事，又穿插《山海经》的意象，古今之间，有无之间，动静之间，易经所云的变迁，使文章多了气象。贾平凹懂得造境的快意，在枯燥的地方能够引来灵动的情思，又以柔情动之，所谓"石老而润，水淡而明"正是。这也是

1 阿城.阿城文集（之七）〔M〕.南京：江苏凤凰文艺出版社，2016：63.

明代文人的趣味，贾平凹无意中得之，也印证了周作人的散文观念，白话文的散淡之气从明末那里来，因为符合现代人的心理感受，教条的气息真的无影无踪了。

在语言日趋粗鄙化的今天，贾平凹以自己特有的方式回应了审美中的难题。他的古风里的探索，一面矫正了时文里的焦躁之意，一面失去了左翼文学的严明之色。一些人对他的批判，多缘自政治意识的弱化。而批评者没有看到的是，从古老的方式出发表达思想，是对不会表达的一种表达。在语言生锈的时代，重温古典也是一种新生的选择。他赞佩归有光的观点："文太美则饰，太华则浮。浮饰相与，敝之极也"。在古代文论里吸取营养，他成了汪曾祺、孙犁后最有品位的文章家之一。

但贾平凹的文章，并非老气的叠加，其所以一直吸引着读者，乃因为辞章一直有今人的韵致，且有变化之规。较之一般京派文人的文字，他深味染古而又脱古的重要，拒绝惯性，拒绝旧途的重走，有所不言而言，在词语的陌生化里另觅蹊径，是他的苦苦追求。在与穆涛的对话里，他说："散文缺乏清正之气，而不是闲逸气、酸腐气和激愤气。"[1] 但我们看他的作品，清正有之，闲逸亦多，这可能与文章的远世之味颇多有关，而在文章布局上，他好像更喜欢庄子的路数："散文的最高境界就是这样，无

---

1 贾平凹.贾平凹散文全编·远山静水〔M〕.长春：时代文艺出版社，2015：49.

拘无束，无序无形，缘心而发，遒劲久远"。¹这都是金圣叹、李渔当年推崇的境界，贾平凹无意中重叠于此，乃中国文章的妙理的感悟者。在《带灯》的后记里，他写道：

> 几十年以来，我喜欢着明清以至三十年代的文学语言，它清新，灵动，疏淡，幽默，有韵致。我模仿着，借鉴着，后来似乎也有些像模像样了。而到了这般年纪，心性变了，却兴趣了中国西汉时期那种史的文章的风格，它没有那么多灵动和蕴藉，委婉和华丽，但它沉而不糜。厚而简约，用意直白，下笔肯定，以真准震撼，以尖锐敲击。何况我是陕西南部人，生我养我的地方属秦头楚尾，我的品种里有柔的部分，有秀的基因，而我长期以来爱好着明清的文字，不免有些轻轻佻佻油油滑滑的一种玩的迹象出来，这令我真的警觉。我得有意学学两汉品格了，使自己向海风山骨靠近。²

耳顺之年的前后，文章风格还在求变，看得出他的雄心。近百年许多文章家因为拘泥于书斋而少了泥土气里的愉悦感。台静农早年作品是乡土的吟唱，那时整理的《淮南民歌集》，对于

---

1 贾平凹.贾平凹散文全编·远山静水〔M〕.长春：时代文艺出版社，2015：52.
2 贾平凹.带灯〔M〕.北京：人民文学出版社，2013：361.

山水间的人与事，有很乡土的表述。后来久在书斋，远离自然，只能回到周作人、废名、俞平伯的路上。文章老到精美，完全是京派的余韵。当年京派许多作家被书斋气袭扰而趋于寂寞，沈从文则以谣俗之美而救之，遂有了一种新小说的出现。这可以说是一种变调，乃另觅新途的体现。在这个意义上，贾平凹是沈从文的知音，他在这位前辈那里知道自己该做什么，不做什么，他的好处是一直往来于城乡之间，乡村世界与士大夫世界是互为体现的存在。遥想先秦诸子，他们参玄悟道、得人间自在，也许与读人、读山、读水有关。灵思来自自然，体味出于己身。古人见山水之姿而悟出八卦之规，亦自然的馈赠吧。由此说来，他是我们这个时代的自然之子。那些让读者津津乐道的遗存，那些刺痛我们感觉的词语，一遍遍让我们省悟：什么样的文章是好的呢？辞章之美来自何处？那些让读者销魂的文体，还有另外一种生成的可能么？

2016 年 3 月 26 日

在自由、解放的空间里

　　文章学是一个旧的概念，现在的作家们不太理会它。这一方面带来了辞章意义上的损失，也有了文体的自由与解放。白话文的出现，把古老的文章学理念抛在后面，其实也自有其中的道理的。

　　胡适最早主张新诗的写作，曾引起读书人的怀疑，如是，古老的诗文岂不受辱？但自从艾青等人的诗歌出现，白话诗的魅力显现出来。小说、散文界也是如此。早先人们以为大众写作可能失去汉语的韵致，但自萧红这样的作家出来，没有文人腔的文字，也照实感染了无数的读者。汉语的表达在不可能性里拥有了可能性。

　　这个世界的书写，常常是那些被遮蔽的时空里的选择给了我们一种惊喜。

　　几年前我到外地开会，从朋友那里知道了李娟的名字，才开始注意到这个青年的文章。李娟是在阿尔泰生活的汉人，与哈萨克人一起在天山一带放牧，对那里的生活了如指掌。她的作品都是日常的记录，没有一点文人的酸腐气。我读她的文字，觉得是草原上空的阳光的挥洒，亮而温暖，那些文字也如没有被污染的空气，洗人心肺。无边的草原、雪地，戈壁的风，牛马与帐篷，加之她那双好奇的眼睛的转动。一个陌生的、单一的世界，在她那里五彩缤纷地呈现出来。她笔下的人物都普通得不再普通，却都有趣得很，流动着迥别汉俗的美的风韵，真的漂亮极了。

在她的文字里，生命的初始的感觉流动如河，我们看不到一点中原文人的样子，起承转合间都没有套路，是一个没有书斋传统的写作者。但我们却感到那么亲近，好玩，觉得那就是文学。我们过去说文学有多样的可能性，也只是说说而已。看她的文章，就觉得我们的写作出现了问题，太被惯性所左右，散文似乎有了固定的调子。李娟完全没有这些，她按着自己的生命感受写作，笔锋听从内心的召唤。用语简单而富有变化，人物跳出来，神色里是天地之间的爱意。她写那些青年的男女，本色里有现代的忧伤，却又少见邪恶的影子，让我们知道了生活的神奇。游牧民族的精神本然的存在，我们在这里感受到了。像一面镜子，照着汉文明里的问题。

许多文章里的句子都是自然的感受，倾泻而下，比如《冬牧场》：

> 同样还是在行走中伴随着太阳缓慢而威严地出生。太阳出来时，全世界都像一个梦，唯有月亮是真实的；太阳

出来后，全世界都真实了，唯有月亮像一个梦。

这是大自然的神秘的隐语，我们在都市里的作家那里何曾会感受到？中国最早的歌谣、艺术之色，大约就是这样来的。文章之道，有文人气的，有非文人气的，后者要有异样的力量，不得不靠自己的天赋。萧红的作品，有点这样的意味，泥土与天空间的神秘之气穿过词语的缝隙流溢着美意。萧红写出东北人的生生不息的生命力，或许有萨满教的遗风，那么李娟借助了什么呢？她在新疆单调的牧场和游牧者的脸上，读出天授的神谕，人间万物有了不可理喻的神色。我们的作者抓住了这个神色，且把它们一一描摹出来。这是一种不自觉的呼应，作者不过记录它们，并非有流布的渴望。真的艺术，当然是这样的吧。

一个女孩子，在最要与现代生活对话的时候，却隐身于大漠惊沙之间，与骆驼、牛羊、奔马为伍，她的所见所思，离我们的经验甚远，于是便有了一种刺激。她阅读的是自然之书与游牧者之书，那些飘忽不定的神思出没于草丛与山谷之间。苍冷的边地的艰辛之旅，伴随的是歌的音响和月亮般幽婉的灵思。我们随着作者穿越茫茫戈壁，在风雪与旷野的静默里，遇到神意的舞蹈。

那些美妙的词语与场景都是片断式的，一个弱小的女子的声音颤动地从帐篷间流出。那含爱的、清晰的声音与强悍的大地比似乎孱弱无比，但我们却听到了牧场里最柔软的歌，那么温馨的存在，都被一点点勾勒出来了。

在哈萨克青年之间，在荒凉的古道的车站与行旅中，在青年聚会的灯光下，在老人沧桑的笑纹里，李娟发现了看不见的美，人性的柔情清风一般吹拂着劳顿与寂寞。人在恶劣的风暴与寒冷里，与自然偎依着，与不可思议的寂寞偎依着，而生活最神奇而美好的存在也恰在此间吧。

当年我读张承志的文章，见其写大西北牧场的文字，感到的是雄浑与灿烂。那是亘古以来的伟岸之力的迸发，我们阅之而心灵起伏，似乎被空旷的气韵俘虏了。现在阅读李娟，则若沙漠里的一湾清泉，细细滋润着我们日益粗糙的心。李娟的细节与神灵般的目光，有人间不可思议的美丽，我们在她的谈吐里看得出人性最体贴的爱意和亮丽的情思。她在遥远的新疆给我们带来的是无边绿意，那色彩中的快意，岂可以语言解之？

文学是什么呢？读完李娟我们会去想一想这样的问题。书本上关于文学的描述多矣，似乎都远离着感性的体验。李娟写文章，是生命的记录。她对自己身边的一切的好奇与惊讶，都是童贞式的。在纯然的底片里，敏感地扫描着对象世界的一切，在自然与人性的交流里，发现存在的奥秘。但她的可贵在于，不都是简单的复制感觉，重要的是学会了一种气韵的创造。在单调的世界里她弹奏起属于自己的歌曲，那么美丽而诱人。托尔斯泰说文学不是发现真理而是创造真理，信哉此言。文学的舞台是留给天才的，荒原里能够诞生绿色，乃耕耘所致。在没有路的地方走路和重复别人而滑动，毕竟是不同的。

2016 年 4 月 11 日

通天之眼

　　阿城不愿意露面文坛，几十年间，北京的文学活动，看不到他的踪影。他藏在我们的时代，以文字的方式，与我们对话。30年前读他的《棋王》《树王》《孩子王》，叹其辞章之好和悟道之深。那时候批评家以为是奇人临世，但深层的隐秘却难以破解。这次《阿城文集》出版，给了我们一次全面了解他的机会。书里涉及的话题甚多，小说、散文外，考古学、中国史、民俗学、地理学、美术史、电影史等，连成一片明珠，丰富中有睿智的照射，这在当代文人中实属少见。我们读懂他，这些非文学的因素，似乎都在注释其世界本色的存在。

　　好的作家，在知识结构方面都有一点特别，汪曾祺、王小波、阿城都属于此类之人。我在多年前看到阿城的谈文学的雅与俗的小册子，在历史与现实间摆动，出奇之思多多，印象比朱自清谈雅俗之辩的文章还有力度。那时候想，此文的不凡，乃因为作者是小说家的缘故吧。小说家谈文学，比书斋里的文人多了一些维度，不都是从本本主义出发的感叹。阿城出生于一个文人的家庭，自幼读书颇多。"文革"遭受诸多磨难，但内心的情感有一种抗拒流俗的元素，故知道文化与人生的错位，对精神有一种内面的追求。这和那时候的作家精神大异，其特点在日后的写作中渐渐显示出来。

阿城将自己的书写过程，看成"脱腔"的过程。遍地是相似的文人腔调，让他生出厌倦之情。他欣赏汪曾祺、木心这类的人物，乃因为没有"文艺腔"。没有这种腔调的人，多是有趣者，内心有超凡之气。他看先秦诸子，注视六朝文人，欣赏的大概就是无伪、自然的气韵。这些，现代以来，可能唯有鲁迅等少数人才有。

他是个很会写文章的人，懂得中国词语的内在的韵律。《遍地风流》写世间万态，明清文人的淡定，士大夫的趣味都有，全不像经历过"文革"的人的样子。他在思维的深处，厌恶虚假的"文革"话语，内心自有一种韵律在，在枯燥的岁月也会自吟自唱。这种状态，只有被旧学沐浴过的人才有。他的早熟，让同代人惊讶不已。

我记得当年读他的作品，觉得每篇都路数有别，内蕴在日常人的思维之外。《棋王》一问世，便惊倒众人，一种回归传统小说的笔意直逼人心，像清新的风让人舒坦。《树王》对知青生活混沌无知的揭示，超出一般的模式，其实有对近代以来的社会选择的反讽。《孩子王》通篇是荒诞的描述，但荒诞中的荒诞，则让人看到存在的不可理喻性，另类之所以是另类，有了一个动人的解释。

阿城在那时候以极为个性化的方式处理着人们共有的记忆，而风景完全不同。当人们只会用公共话语表达思想的时候，他却在不合时宜者那里看到个人化存在的可能性。《树王》描绘的失败的英雄，将那些外来的无知青年显得极为苍白。集体性的无智源自于盲从，造成的结果是自然的荒凉与人性的荒凉。

对于我们的作者而言，写作的过程便是克服这种荒凉的过程。给他赢得广泛声誉的是《棋王》，小说写一个边缘的青年王一生在棋中得到的乐趣。阿城笔下的岁月，流出枯寂生活里的热流，但那不是流行的思想，不是走红的理论，而是游于艺的古老的思维运动。《棋王》叙述故事的方式，在现代小说里不算新奇，只是语态是老白话式的。这里写了几个知青的孤苦的生活，日子像沙漠般单调，但人的内心却有神异的智性闪烁。阿城觉得，在一个几乎无路可走的时代，人倘还能因技艺而进入审美的愉悦和精神的愉悦的层面，则精神庶几不得荒芜，自有救赎的地方。这是道家与禅林中的古风，悠然于乱世之中。精神之不倒，甚或有奇迹的闪动，则可以坦然无憾的。

阿城成长的年代是特殊的年代，文学追求纯粹的美，要高大完美。但他偏写不高大不完美的人生。他知道那些远离人间的假的文学，不是生命的本然。只有日常里才能见到真意，精神的伟力也恰可于日常中得之。《棋王》有几个妙处让人难忘，一是写吃，香气袭袭，平实里的玄奥颇为得体，大有《红楼梦》遗风。那种对食欲的审美化的展示，是一种东方生命观的凝视，只有旧式笔记小说里偶有这类片断，但就传神而言，阿城不亚于古人。二是写下棋时的境界，完全忘我的幽思，内中吞吐日月，包含天地之气，朗朗乾坤，茫茫宇宙尽在腕下旋转。小说通篇大俗的笔韵之下，乃尘世凡音流转，平凡得不再平凡。但雅处则渺乎如仙境之语，有天神般的庄重，妙态极焉。三是写人的超凡之味，颇为神秘，比如对捡烂纸的老头，仿佛一个隐士，是藏着诡秘的气息的。这些都是边缘人，是被人轻视的存在，但越是边缘，就越有一点深切的思想，这大概就是庄子所云无用之用吧。

但小说最引人者，不是写凡人的圣化，而是那神圣背后的悲凉。王一生在棋盘上大放光彩之后，却神伤而泣，俗身依然在尘网里，大家还在可怜的人间。收笔于此，不禁大吸一口冷气，天地的不幸照例挥之不去，那种悲凉之思，我们岂能忘记？小说的结尾，颇值深思，有不尽的隐含在。汪曾祺看了这篇小说，赞叹不已，但一面也说有些败笔，言外是不要把玄机都露出，反而有些可惜。但我觉得似乎不是这样，小说这样写，就又回到俗世，把自己的目光拉下来。"文革"文学就是把人物拉高，有些不食人间烟火的样子，那就高处不胜寒了。阿城要的，大概是这样的结果。

20世纪80年代的文坛，倘没有汪曾祺、阿城这样的人物，我们不会体会到古风的美质原也在今人那里楚楚动人。汪曾祺当年在谈到笔记小说的时候，专门讲到阿城的成绩，以为自有枢机，飘飘然于俗林之上。这个感觉的是对的，点到了话题的核心。"五四"打倒孔家店，把古文丢了，在汪曾祺看来殊为可惜。汪曾祺觉得，阿城与孙犁，都是难得之人，他们从古人的文字里，得到神韵，而精神是现代的，这就拓展了表达的空间。阿城在那个时代，算是走在前面的人。他全然不顾周围的炎凉，以自说自话的方式，完成了与时代的一种另类交流。

好的作家，思想与时风是隔的。记得看章太炎写给钱玄同的信，就讥讽当时流行的文风。章太炎说梁启超、林纾的文体，害了读者，因为有做作的痕迹。而在他看来，六朝的文章才好，因为有心中的期盼和焦虑，并非装腔作势的表白。这个看法，给钱玄同不小的启示。他在新文化运动中的话语方式，就多从章太炎那里来到，显得奇异而有趣。鲁迅后来的成功，就是避开了那个时代的话语，连思维也变了。这个规律，在汪曾祺、阿城那里也有体现。他们的心心相通，实在也是必然的。

作家多一点杂学，用处很大。阿城幼时出没于琉璃厂，在古董间度过时光，有了亲近历史的慧眼。20世纪80年代以来，一般人走出新的路子，只是一两步：回到"文革"前17年，回到"五四"。他却回到明代以及明代之前，对古代建筑、古代家具、古代绘画、古代诗文多有研究。近来出版的《洛书河图——文明的造型探源》，则把目光投入上古文明中。他在人类学、考古学视野里思考艺术问题，就显出大的气象来。当代作家进入此领域中的人不多，遥想陈梦家由诗歌写作进入考古领域，沈从文沉浸于服饰史的世界，都有深的情怀吧。逃离于闹市的文人，比我们这些俗者要精明许多，他们有通天之眼，看出存在的有限与无限。这样的现象，我们研究得不够，而这样的人，也凤毛麟角。当代文学家何以浅薄者多多，阿城的存在，都可以解释些什么。

2016 年 6 月 7 日

纸上烟云

　　朱希祖当年谈章太炎的读史眼光，以为重要的是从世俗之语的背后看出被遗漏的真相。人间的存在，多难以确切的方式记录，那些凌乱里的人与事，偏偏被放在格式化的文字间。真的学者出来，说出其间的原委，则颠覆了我们惯性里的思维。这种纠错的书写，原是历史学家的任务，然而如今也成了许多读书人的责任。朱正、邵燕祥的书，多属此类，那种近乎野史式的谈吐，则有学院派高头讲章里没有的光泽。

　　近现代史的一个怪现象是，我们对其中的存在得知越多，越有失落之感。不独老一代人如此，中青年也是这样吧。郭娟有一本新书《纸上民国》，道出历史的许多真相，那是一本人物谈与史料的书，贴近历史的时候，就觉出一种苦楚，洒脱里有挥不去的惆怅。比牛汉年龄小几轮的郭娟，接替《新文学史料》主编工作，精神自觉地延续了老一代的特点。但如果说这是职业习惯的延伸，也未必都对，作为精神的信仰的写作，她的选择也别有深意。

　　民国话题，在今天争议很大，刺痛我们内心的热点依旧很多。那些失去的时光里的人与事，我们如身临其境去体察，才知道生在一个乱世中的知识人，何等艰难。有学者说这是未完成的现代性，也有人将其归于启蒙的歧途，争议中也有对话的地方。吸引人的，可能是那生态的多样性，人的本真在此跳跃着。从中细细理出原委，当能见到世间的诸多真相。

郭娟写"五四"以来的文人，有一种老到笔墨，她的随笔自然风趣，又杂以怀旧之调。因为对历史细节了解甚多，"五四"文人不必说，左翼以及左翼之外的鸳鸯蝴蝶派、京派、逍遥派文人，都成了其笔下的风景。她读各类人的文章，考辨其间的真伪，又看那里的差异，便有了奇异的感叹。最为佩服的是鲁迅，许多文章染有个性主义的紧张感，对于污浊之物毫不留情，其言之辣，散着热气。书中总有别样的笔致，如写张爱玲与胡兰成，感觉颇为精准，"在热烙的情事上尽显人生的荒凉"。对于那些灰暗里的一抹光泽，做了理性的聚焦。有一篇关于周瘦鹃的文章，从容道来，说出风雨里的冷意，仿佛是寂寞里的寻觅。全篇乃隔世的一种叹惋，流失的诗意在葬丛中仅成一个悲悼的花篮。郭娟善写那些罹难的文人命运，胡风、冯雪峰、丁玲、牛汉的历史境遇，都让其难以释怀。有趣何以变为无趣，纯真怎样流为混浊，都有所解析，在夭折的命运里，看出文化里的缺失。这种描述，都显得举重若轻，谈吐里有悟道之趣。民国以及民国之后的文坛，好似与我们遥远，而郭娟则把那些内在于自己的生命里了。

近来书话作品流行，趣味在版本、逸闻逸事间。《纸上民国》不是这类的书，说它是思想者的随笔也是对的。其间也有机敏、风趣的表达，学术之思在一种感性的文体里出没，便使话题有了生命的温度。作者有时候与对象的存在没有多少间距，但一旦进入审美领域，则如远远眺望风景的行者，说出几许超然于外的真言。比如言及萧红，寥寥数语，已经把本然托出：

> 书架上，一大排中国现代女作家作品集，千辛万苦，萧红站在其中不容易。从文学品质看，她比冰心有力度，比丁玲纯粹，让张爱玲以冷冷的理性傲人吧，萧红有温暖的悲悯。鲁迅毕竟有眼力。至于男作家，无论萧军还是端木，都曾嘲笑过萧红的写作，萧红还不知挤出多少时间替萧军抄稿子……然而从艺术成就看，萧红已然超越了他们。

贴近历史，又飞动于历史之上，是章太炎以来的许多思想者的特点。在流转的时光里，一切都将过去，而刻在内心深处的，都是开悟性的亮点。历史人物的高低，后人的品评，要比同代人不同，而这也要有眼光，从遮蔽的世界走出，其实也需才、胆、识、力。

文学史里大大小小的人物，艺术成就固然有高低，但人生的启示，则各有不同。《纸上民国》对于失败之人的描述，尤有警示之意，从那么多的作家命运，看时代悲苦之迹，总让我们难以平静。比如关露，因为遵命潜入敌伪之阵，为抗日做出许多贡献，后来却成了罪人，被诬为汉奸。名节与使命，信仰与俗谛，不在一个层面。为国家大义而失去个人幸福，爱情、友谊、工作，统统丢失。路翎的天才的陨落，岂止是文学的不幸，人间暗路漫漫，跨越道道屏障，才是困难的选择。这是大风云里的无奈，人在巨变的社会，怎么能安定下来呢。大的风云之外，还有个体小的王国，郭娟的书，也不时注意到作家的私生活，鲁迅与许广平通信的隐含，老舍与赵清阁的爱意，都是乱世里的趣谈。写到赵清阁这个人物，透出一个时代的隐忧，彼时的婚恋之路，文人雅趣，都被沉重的东西压着。由那些富有性灵的作家身上，看人间逃不出的苦运，倒有几分无奈。这是民国文人的不幸。但人间的真意，也恰留在这不幸的空间里了。

新文化运动之后，知识人寻觅新路的历史，留下的遗产正误交错。几代人寻路的苦思，牵连着旧邦新命的民族心结。我们今天面临的许多难题，都可以在那里找到源头，而难辨的是非，被流俗的词语遮掩，我们要还原它，不得不需要一种担当与勇气。在真相不得显露的时候，写出它的细节，比起空头的理论更为重要。许多高雅宏大的理论，都禁不起历史事实的检验，在细节里，真相浮出，伪言遁迹，史家之笔，亦抵上千军万马。

悲观的老人们，常常对于未来的学术表示担忧，其实在今天，有抱负的中青年，何其之多。只不过他们有时不在流行的话语里，甚或是沉默的一族。《纸上民国》给我们惊喜的是见识与趣味，看这本书，一是让我们知道，本着良心写作的人，依然存在着；二是嗅出了 20 世纪 80 年代的气息，且衔接了那个时代的一些话题。"五四"时期与 80 年代的话语，至今魅力不减。我们今天的许多著述，未必能超出那个时代的格局。那是撕毁瞒与骗的书写时代，郭娟于此，深有感焉。在我们这个时代，知道应做什么，拒绝什么，好像是轻松的事情，实则并不尽然。试看当下那些不痛不痒的文字之多，当感到"五四"传统，真的来之不易。

2016 年 6 月 9 日

文学史上的问号

　　我们平时抱怨一个平庸的时代不能出现大的作家，有许多简约的描绘。对于空白的地方，略过去是一种办法，因为那里没有动人的歌哭。但有时也遇到提问，那些已经沉寂的时空，对于我们没有意义么？这问题一旦细想起来，着实让人有些不安。没有声音的声音，倒仿佛与我们的生命真有关系。

　　或许可以从另个层面称此为无意义的意义，其间隐含的是我们漠视的道理。这让我想起严平的那本《新中国文坛沉思录》，描绘的就是这样的存在。作者写了一群才华横溢、有抱负的作家、批评家，在不幸的年代失语的片影。她将自己的书写的主题，凝成一句简单的话来，那些无法实现的写作之梦，或在写作之途夭折的人们，给身后的思考者带来的是"文学史上的问号"。

　　这是很沉重的话题。现在竟由我们的作者以孤独的方式处理过了。我认识严平已有多年，还是第一次系统读到她的作品。作为陈荒煤的秘书，她经历了20世纪80年代重要的转折时期，对上一代文化人的情形了解很多。《新中国文坛沉思录》描绘了周扬、夏衍、巴金、沙汀、何其芳、荒煤、许觉民、冯牧八个人晚年的生活。作为新中国重要时期的文学的见证人，这些远去的人物，牵动着一个时代文化的神经，背后是难言的痛史。

严平写这些人，投入了诸多个体的经验，不是附庸风雅，也非卖弄史料，而是与那些人的苦运默默对话，看出知识人的不幸之旅。这是一本思想者的书，涉及了文学史重要的片断，在回望的瞬间，每个人都活了起来，好像从时光的深处走向我们。

对于唯美主义者而言，这样的劳作意义可疑，因为无法带来审美的愉悦。而在读过此书的人看来，未必如此。重温历史，那些文字之外的人与事，其实有人生里更多的镜鉴。记得前不久看郭娟的《纸上民国》，涉及的许多人物，诸多曲折的人生，给我们的震撼不亚于那些精妙的诗文，各类文人的命运昭示的，是深不可测的文化之痛。严平的书写，其实也是这样，她据自己的所观所感，为青年读者留下一代人选择的苦思。文学史忽略的风景，原也有人生更多的隐含。只有了解了文学史外部的因素，我们才能对内在的逻辑有所省悟。

严平所说的"文学史上的问号"，的确值得我们思之再思。

新中国建立初期，领导文坛的主要由两部分人组成，一是解放区来的作家、批评家，二是国统区的左翼人士。解放区出来的人，占据了半壁江山，文艺的调子，主要来自这个团体。国统区的左翼作家，情况略微复杂，只有夏衍等人位置显赫，但影响力不及解放区出来的人。这两类人之外的文人，多是受改造的自由主义者或遗老遗少，他们渐渐边缘化了。从民国文学到新中国初期文学，是不断瘦身的文学，文学的路不是日益敞开，而是越来越窄。当文坛只有几类人的时候，文学的单一性也可想而知。

说起来好像现代文学的宿命，"五四"之后，文学家们多相信进化之说，觉得后起的艺术总要好于先前的诗文。《新青年》的进化论眼光，对几代人都有影响。待到瞿秋白将列宁的文艺思想引进到文坛，一个更彻底的思路出现在激进文人面前。不仅封建时代的艺术死了，"五四"文学也多有病态，因为属于资产阶级的范畴，终究要被工农大众的文化所超越。这个思路，毛泽东在延安文艺座谈会上讲过，也一定程度发展了这个思路。周扬、何其芳、荒煤、冯牧都接受了这个理念。他们后来全身心投入这样的文化建设里，希望建立的是历史上没有过的文艺。

而有过国统区左翼经验的夏衍，对于进化的理论的理解，与延安来的人略有差异。他和那时候的巴金一样，对于革命之外的资产阶级的艺术经典，持一种开放的态度，认为新的文艺，总要吸收前人的成果，所以他们对于契诃夫、托尔斯泰并不排斥。在新中国初期，夏衍努力把左翼的文化和旧的艺术传统嫁接起来，审美中有中正的东西。他甚至对张爱玲这样的作家，亦有好感。左翼的艺术观中，有包容的姿态。在一般人眼里，夏衍与周扬关系密切，其实也存有假象，严平在书中披露，20世纪60年代的夏衍也遭遇周扬的批评，思想常常在不同的层面。两人出现冲突的原因在于，一个忠实于艺术规律，一个是执行更高领导人的旨意。50年代的文化部出现不同的声音，说明左翼出身的文化领导者的内部已经分化。

这种分化，是 30 年代缝隙的延伸。1936 年，鲁迅与周扬等人的冲突已为后来文坛的不幸留下伏笔。接下来胡风与周扬、夏衍的对立，彼此情绪的敌对化，都产生了灾难性的后果。50 年代，最早被清除的是鲁迅一脉的传统，胡风、冯雪峰、萧军这些鲁迅的学生一个个倒下。周扬、夏衍的队伍完整无损。他们的密友陈荒煤、沙汀的地位都高于鲁迅的弟子们。可是悲剧在于，夏衍、陈荒煤的好运不长，不久也沦为挨批的对象。在更高的指示面前，周扬周围的文人与作家也难逃苦运，他们与胡风的命运未尝没有交叉的地方。

当夏衍把批判的武器用于胡风、冯雪峰身上的时候，他没有料到自己今后也有同样的悲剧。左翼思想一旦绑上不断革命的战车，每个人都会有被甩下的可能。严平在梳理那些文化领导者的命运的时候，看到了其间的残酷。在大量的史实里，左翼文化延伸出的内部悲剧，有些触目惊心。

与民国的艺术生产不同，新中国建立初期，文化不再是自下而上的发展，而是自上而下的设计。要扫荡旧的遗存，建立新的文化模式，那动力来自组织的决议而非民间的自我生长。文化部领导的思路正确与否，关乎文坛的兴衰。周扬、夏衍起初兴致勃勃，亦有春风得意之态。开国以后的 17 年，艺术靠顶层把关，许多作家便失去自我的表达。这可以解释茅盾、曹禺、巴金、沙汀何以不能写出大作品的缘由。一批懂艺术的人，突然面临不会写作的窘局，在五六十年代的文坛，乃普遍的现象。

周扬、夏衍曾自负地以为经过努力，社会主义的文艺的诞生不成问题。但在他们热情高涨的时候，恰是文学清冷的季节。文学史的研究者们曾经多次追问这一现象的根源，各种解释都在不同的逻辑中。"五四"之后，许多作家是相信在自己的生命体之外，存在一个绝对的真理。像左联之外的巴金，早年信仰安那其主义，后来认可新中国的集体主义，都是这种逻辑的延伸。由此看何其芳、荒煤、冯牧的选择，都有相似性，甚至对身外的绝对理念更有强烈的认同感。相信外在恒定的精神，自己的内在的能动性自然减弱。他们晚年对于自己的文学成就平平的复杂态度，也看出这种选择的二律背反。

纵观起来，左翼传统后来主要演变出两条路径，一是由象牙塔走向十字街头，一是在十字街头不时瞭望并摄取象牙塔的遗存。典型的例子是何其芳与夏衍。像何其芳这样颇有才情的人，早年在《画梦录》里浮现的是一个内觉丰富的世界。那些京派文人式的幽婉、不确定的感伤之笔，流动着的是意识里的苍凉。但到了延安之后，在阶级话语里，完全放弃了自己的诗人感觉，他以政治正确的方式进入文学，外在的理念成了心灵的主导。自然，除了空泛的文章，自己的艺术色彩已经渐渐衰微。这是一个不断关闭自我的过程。与何其芳不同的夏衍，则从革命文化，渐渐向开放的领域行进，给人的印象是，创新中一直是在打开自我。单从夏衍的经历，就能够看出左翼艺术家在五六十年代的命运走势。30 年代的左翼运动，思想固然受到政党文化的影响，而艺术生产多来自一种自发性，是精神上自由寻找的冲动。夏衍主管电影工作的时候，延续了这一惯性。在他看来，社会主义文艺，离不开对于传统的借鉴。上海经验和俄罗斯经验都在那里成为宝贵的资源。《早春二月》《北国江南》《逆风千里》以及他改编的《祝福》《林家铺子》，"五四"文人的修养和左翼传统浑然一体。但 1964 年对于他的批判，则认为脱离了社会主义精神。按照江青的理解，夏衍领导下的电影创作，存在不少思想上的问题。《早春二月》《北国江南》都带有资产阶级痕迹。本着良知的创作，竟然是错误的选择，对于夏衍这样左派作家而言，乃莫名的羞辱。"只顾脚下，不顾天下"的帽子，其实也压得人喘不上气来。

问题在于高悬在艺术家头上的是一个"极境"，何其芳欣赏并拜倒在这个"极境"下。人物要干干净净，思想应纯粹不已，情感也不能四处流溢。"极境"其实也是绝境，每个人都难以抵达，便等于没有艺术，有之，也是虚假的所在。回顾何其芳当年对于夏衍的微词，背后是极端化的审美范式，结果是让人不食人间烟火。苦苦于精神的劳作，后来成了罪人，对于从战争时代走过来的人而言，是莫名的悲哀。

那个时代开始相信集体的力量，个体已经失去意义，遵循集体精神和绝对理念才是重要的。比如那部夭折的电影《鲁迅传》，就有多人参与写作。夏衍在介入修改的时候，有许多独特的设想，但在众多的口味里，并不能把自己的理解都渗透其间。这部流产的作品，是完美主义写作的一次沦陷。对于像鲁迅这样的人如何把握，群体思路则没有了个性。面对极具个人色彩的鲁迅而没有个性化的表达，其实是不得要领的。

一代人就这样滑入苍白的语境。那结果是出现反文学的文学，和反艺术的艺术，这在60年代中后期达到极致。"文革"中的集体创作，催生出八个样板戏。样板戏的出现是对夏衍那代人戏剧理念的一次颠覆。18世纪以来的审美调子统统让位，只有先验的理念才能登台。这种反艺术化的书写，导致了人性的空虚。假大空的艺术，是反艺术规律的一种存在。完美主义和单一化语境里的艺术，较之30年代左翼的创作，规模巨大，而温情消失。革命文艺抽掉了人性的血脉，其实也没有了文艺。

这是鲁迅当年警惕的现象，不料"文革"中，虚假的艺术大行其道。那时候夏衍遭受巨大的羞辱，连一贯"左倾"的周扬也在劫难逃，都成了罪人。据严平提供的资料，周扬、夏衍受到的折磨，非人可以想象。粉碎"四人帮"后，他们开始反省自己走过的道路。夏衍在给李瑞环的信中，强调文艺是个体的劳作，尊重个体的创造。这是血的教训。在社会主义阶段，忽略人的创造性和个体的合理性，与马克思预想的文化，也是背道而驰的。

周扬晚年对于人道主义话题的兴趣，看出转变的内在逻辑。夏衍、冰心、巴金对于"文革"的反思，都是他们的一种共识。我至今记得读到人道主义与异化问题的争论文章内心的感动。虽然对于周扬的动机有不同理解，但在清理"文革"灾难这一点上，那些文化老人的文章，为一个转变时期的文学，带来了诸多动力。

他们不断总结经验教训的时候，对于封建主义残余的批判，都具有文化自省的价值。1980年，围绕电影《苦恋》展开的争论，关于现代主义的争论，站在作家角度思考问题，已成了周扬、夏衍新的立场。他们渐渐放弃官员本位的立场，知道人道主义恰是我们文学里稀缺的元素。夏衍与林默涵、刘白羽的冲突，都是立场的冲突。这个时候他表现的勇气，是早年左翼作家固有的本色。听从自己良知的时候，表达才能够进入主题的深处。

无疑的是，左翼的问题难以在左翼的内部逻辑里加以解决。80年代后，人们越来认识到这一点。与周扬、夏衍这些文化领导人不同，巴金在晚年对于"文革"的批判显得格外引人注意。他由50年代的思路，回到了早年精神的起点。他从自我忏悔开始，又推及社会，从建议成立中国现代文学馆和"文革"博物馆两个方案看，都折射着大的忧思。在巴金看来，"左倾"文化一旦失控，人间的正常秩序和文学秩序都付之东流。回到讲真话的世界，回到个人独立思考的语境，乃是自我解放的前提。

严平在众多老人的神情里，感受到了一种共同的情绪。那是痛定之后的精神的重新开启。周扬回到马克思早期的思想和德国古典哲学的世界，巴金则重新激活了沉睡在内心深处的法国、俄国的18世纪流行的资源。他们都以自己的经历告诉世人，"文革"以及"文革"以前17年的文化，并未解决"五四"的难题，而只能带来表达的休止。文化有自己的生态，当那个生态不复存在的时候，收获的只有荒凉。

社会主义文学应如何建立，向来存有争议。普列汉诺夫、托洛茨基对此提出过各自的看法。流亡学者米尔斯基在《俄国文学史》中对于新旧俄国文学有过对比，自由地思考和自由地书写才能保证知识分子的良知。中国的文学史从反面证明了他们的看法的内在价值。周扬、夏衍那一代人的悲剧在于，内心的诗情被环境压抑，在寻找自我的园地时失去了园地。当何其芳在40年代抨击夏衍、胡风的文学观念的时候，也恰是其审美意识衰落的时候。同样，周扬把调子唱得高高的那一刻，他的理论已经难以泛出绿色。那些被流放的人无法写出作品是自然的，但那些安然无恙的作家，也不能自如地在文字里建立自己的诗学世界，也是大的讽刺。严平以沙汀为例，从他进入延安到离开延安，来北京工作又放弃京城待遇返乡的选择，看出作家的焦虑。一方面热爱左翼的事业，一方面又难以舍弃自己的文学。但不能兼顾的同时，手中的笔，也失去了分量。与那些在流放中写下滚烫诗句的聂绀弩、胡风比，较为一帆风顺的沙汀，倒似乎与文学的本真无关了。

不能写，是一种悲哀；写不出，乃更大的悲哀。在我们这个国度，文学史里的优秀之作，多是在权力中心之外的遗存。或者在远离权力的地方，才有了诗神的位置。严平所写的那些"书生做吏"，都有一个分裂的自我，不仅不能与自己的过去比，甚至不能与韩愈、苏轼这些古人比。遥想唐宋文人，在被贬前后，尤能泼墨为文，且有传世之作。当作家、艺术家在为能写与否问题焦虑的时候，其实他们还在文学的场域之外。

左翼文学发生的时候，作家们是在野的知识分子。革命成功了，自己的选择成了不可错的存在，则不能再去碰精神的禁区。当设定了界限的时候，其实自己就成了自己的敌人。这是现代革命史里的悖论，文学与艺术赖以存在的土壤应在旷野里，暖屋里不会有参天大树。问题在于，文人们都聚在亭子间，看不见天，何论风雨。在温室里的存在，脆弱的命运也可想而知。

这是一种尴尬。推及前人的许多事例，能证明这种选择面临的难堪。这使我想起瞿秋白，他介绍了那么多苏俄文艺理论的书，对于"五四"文人的批判毫不留情。中国的马列文论的普及，多赖于他。但临刑前，却在《多余的话》中说出那么多旧文人的话，内心喜爱的还是鲁迅左转前的作品。而自己的士大夫气，也飘然其间。瞿秋白的政论文气势磅礴，大有舍我其谁的气度。但那好像在为别人背书，内心的热度何有？而《多余的话》是感人之作，亦可说传世之作。因为那是自己灵魂里流出的存在。我们说的经典文章，这便也算吧。

如今，那代人的许多踪迹已经模糊，无数灵魂飘忽在暧昧的词语里，谈论他们，似乎一个不足轻重的梦。偶有人言之，也多为学位论文或官样文章。谁在把那些存在当成生命的镜子呢？

左翼文人留下了自己的微笑，也带来了巨大的空白。那些空白里的悲惨之影，唯有细心者方能体察。看着一个个消失的面容和变形的文字，今天的文人、作家，能不慎乎？

　　这是"文学史上的问号"，也是生命的问号，对于它，要么遗忘，要么回答。而后者，在今天成了不能不做的工作。然而对于善于遗忘的民族来说，正视历史的瑕疵，并非一件易事。要完成这样的任务，一是需要有揭开历史躯体上的外衣的勇气，让我们的后人知道，前辈们有过怎样的生活；二是要有直面的胆量，看到恶的根源何在，晓得自挖的陷阱有甚于窗外的深渊。睁开眼睛，战胜自己，也需要牺牲精神，而这些，我们拥有多少呢？

2016 年 6 月 14 日

说说《笔会》

　　我也算《笔会》的老读者了。但和它真正发生联系，是自己编报纸的时候。1992年，北京日报增设《流杯亭》副刊，我是最早的编辑之一。《流杯亭》的风格如何打造，大家的看法不一，我首先想起的是《文汇报》的《笔会》。觉得应学习它的某种精神。那时候各地大报的副刊，风格大多一致，《笔会》是很少的几个有文化品位的园地。不仅有最好的作者，引人注意的是副刊的编辑意图，总有出色的话题出来。这延续了20世纪40年代上海报界的风格，多学识，有趣味，离流俗有一种距离，又时时关照现实社会。在我心目中，中国的副刊，应当是这个样子。

　　我注意到给《笔会》写文章的作者群，在知识结构上有自己的特点。他们都有一些旧学的基础，散淡的谈吐间，有妙趣涌出。施蛰存、黄裳、汪曾祺、舒芜都是杂家，笔调来自"五四"的某些韵致，京派的意味也未尝没有。50年代后，中国文坛的文风大变，《笔会》似乎要和别人不同，有一点保守的味道。但在我那时候看，这保守，其实挽救了汉语的写作，作者的文字的讲究和辞章的有趣，是捍卫了中国文章的美质的。

《笔会》对于学者的文章很是看重，涉猎的范围很广。杨绛、陈乐民等人的文章，总有出其不意的地方。在这个园地，文史哲没有分家的感觉，作品在跨界的时候往往生出新意。能够跨界为文的人那时候不多，但差不多都集中在此，可以看到多致空间里变换的存在。编辑注重这类随笔，大约也是抵抗那时候流行的文风。放眼望去，国内副刊上的扭捏之作和徒作高论的作品很多，能够给我们精神滋润的文字，不是随时可以遇到。

因了历史的原因，上海的作家即便写一些随笔，都不太附和流行的话语。王安忆、陈村的文章，注意到内蕴的丰富与否，见识也走在许多人的前面。有一次见到王安忆描绘汪曾祺的文章，短短的行文，已经有古人之风，好似也染有明人神趣。她对于一个京派文人的体味，风格上让想起 20 世纪 40 年代《古今》《鲁迅风》，那也是国人遗忘的文风。至于陈子善、陈思和、汪涌豪、郜元宝、张新颖等人的文字，也都自有调式，读起来余味缭绕，散出幽思种种。

我后来也试图邀请《笔会》的作者给《流杯亭》供稿，希望也能沾沾仙气。黄裳的小楷写得精美，与其文章一样有神；汪曾祺的手稿亦有味道，辞章里有诸多杂趣；与舒芜通信的时候，他的见识和学问，都给我很深的印象。但因为报纸的限制，《流杯亭》的寿命仅仅 8 年，便在我的手上消失了。而《笔会》几十年如一日，编辑换了一批又一批，还不失固有之血脉，想起来深以为叹。

现在，我偶尔也给《笔会》写一点文章，还参加过它的活动。我发现《笔会》并非都是老样的文章，许多新人的作品也颇有风致。李娟的天籁之音，毛尖的睿智的谈吐，都丰富了园地的品类。还有些青年的文章，也锋芒渐显。我觉得《笔会》是个值得研究的现象，它的存在有深的文化理由。对于我而言，所以还与它有着联系，一是感谢它当年给我的启迪，我自己是《笔会》的受益者；二是觉得在学术文章之外的随笔写作，可以回归一点文人趣味。学院派的写作自有自己的优长，但往往窒息人的性情。报刊文章，不都是时文，也有方寸间的意味。就文人的表达而言，向来好的文章是小品、随笔，因为与汉字的铺陈特点有关。在短小的篇幅里包容丰富的内容，柳宗元、苏轼的短文都提供了范例。"五四"之后，周氏兄弟的散文尤能说明此点。这个传统，现在的作家杂志不太注意，而《笔会》向来留意焉。如今回望它的历史，实在感谢这个生动的存在。

2016 年 6 月 19 日于华盛顿

重审"文明等级论"

凝固的常识受到质疑而被悬置的时候，我们可能一时失语。假如有人以大量的实例告诉我们习以为常的观念背后乃空虚的所在，意义便容易被消解到黑洞之中。这是颠覆的力量，与此相遇，将考验我们的智力。而学术研究遇到此类难题的时候，也恰是思想生长的时候。无论颠覆者还是被颠覆者，都有了一次重新自我定位的机会。

许多年间，这种颠覆我们思维的工作，大多来自域外的学者的劳作。一年前，刘禾教授告诉我，正在主编一本全球史研究的论文集。她说，这不是一般的论文结集，"而是一批原创性的学术研究（original research）的会合"。现在，我终于看到了这本《世界秩序与文明等级》，如刘禾所说，的确是一本挑战性的著作。全球史研究是我不太了解的领域，从刘禾的角度来说，他们这个团队在研究方法上与以往的史学研究不同，"它不分国别史与世界史，而是把本国的历史置于全球地缘政治的大范围中来进行互动研究，因此，本国的问题同时也是世界的问题，世界的问题也是本国的问题"[1]。由此产生的方法必然是多学科的合作，它的过程与结果，都有非同寻常的地方。

问题不仅仅在于多学科合作，而是对于流行的观念的一次颠覆性的阐释。恰如美国学者杜赞奇（Prasenjit Duara）评价此书时所说，它"为全球史的写作，打开了强有力的新思路"[2]。这是一本试图改写我们的学术地图的著作，它在几个方面质疑了流行了上百年文明秩序的合理性。不过，这也给我带来了某些困惑，一个恒定的思想存在倾斜了。至少是我，在面对它时，不能不重新把目光投向我们民族现代化的历史，我们以往的工作，没有意义了么？

给我们带来刺激的研究常常是范式的转换。但也有旧的思想的回归。溢出与回归，是学术钟摆的状态，但大幅度的溢出和回归则引来争论。我对于此书好奇的地方很多，一是研究这个话题的作者，多是文学研究出身。除刘禾外，梁展、赵京华、程巍、梦悦、刘大先都是国内活跃的文学研究者。二是，还原了上百年的文明观的源头，这个源头涉及欧美国家设计世界秩序的初衷。在一个不公平的话语里，欧美之外的文明怎样受到了的漠视，在此都有一个交代。三是，对于我们几代人形成的知识结构，做出了另类的描述，研究者们认为，我们近乎在用一种洋奴

1 刘禾.世界秩序与文明等级〔M〕.北京：生活·读书·新知三联书店，2016：3.
2 参见《世界秩序与文明等级》封底推荐语。

128

的词语言说存在。今天使用的概念，许多是"被近代"的产物，在这个概念里，我们的固有文明的表达受到了遏制。

在这个团队里，对于现代地理学、国际法、"亚细亚生产方式"、日本史、人类学、文学中"他者历史演变"都有深入的阐释。大量的文献透露的信息表明，西方的文明论在初期是与自己的利益密切相关。在异于自己的世界里，西方人将文明设定成不同的等级，所谓野蛮、蒙昧、半开化等词语，顺理成章地成为国际秩序的依据。根据此而产生的各项法规、条约，都有等级制的痕迹。强国对于世界的分配，是从自己的文明观出发的一种选择。

刘禾与自己的团队的用意在于，这是一种文明霸权的存在，因了这样存在，世界文明的描绘出现了问题，人类的多元的、丰富的文化受到了压抑，现在已经是改变它的结构的时候了。

所有的论者都以大量资料给我们展示了知识起源性的话题。世界近代文明的起源在此得到了一种明晰的说明。文明等级论涉及的话题其广，几乎覆盖了文化的方方面面。法律、金融、文学、军事等都在这样的逻辑里展开。刘禾《国际法的思想谱系：从文野之分到全球统治》涉及东亚的近代，文章谈及日本的时候，看出其"被现代"的尴尬，日本为了从"半文明"的耻辱身份挣脱出来，改变了自己的航线，"脱亚入欧"，进入欧美的话语体系。在一些日本人看来，向殖民宗主国的特权和经典的文明标准看齐，才是重要的。宋少鹏《"西洋镜"里的中国女性》揭示了西洋文明论性别标准内在结构和在中国晚清的投影，以及中国女性的批判性的回应。姜靖《世博会：文明/野蛮的视觉呈现》，告诉我们世博会背后的殖民扩张背景。梁展《文明、理性与种族改良：一个大同世界的构想》则在民族学、人种学中看出中国晚清知识界思想变化的"虚假的必然性"。郭双林《从近代编译看西学东渐———一项以地理教科书为中心的考察》在文献中指出了西方文明观中的"毁灭性"，其中有"殖民主义者设置的思想陷阱"。而孟悦、刘大先提供的知识视角，也在另一层面证明了类似的观点。

这里不能不提的是程巍《语言等级与清末民初的"汉字革命"》，我以为是有代表性的论文。作者从东西方学者对于汉语的不同理解，以及汉字革命产生的过程，看出强势文化对于弱小民族的压抑。每一种语言都有其存在的合理性，尤其是像汉语这样的古老的存在，它的博大和幽深，因了存在的封闭性而在近代遭受厄运。对于母语的自卑，造成了认知的混乱，其中语言的变革和汉字的改造成了一时的话题。比如，世界语运动对于晚清知识分子的号召力很强，这源于对我们的文化普及滞后的焦虑。中国的读书人只知道拿来这个方案，对于世界语的起源未必了解。程巍发现，世界语看似是世界主义的新梦，但发明这种语言的柴门霍夫是为了解决犹太人的安全问题而做出的创造性劳作，"所以这位世界语的创制者同时又是一个犹太复国主义者"。[1] 中国的知识人似乎不知或不懂这个悖论，他们拿来这些改革方案，解决的是自己的问题。

这些不同角度的叙述，直指某些认知的盲区，但也让我有了重新思考民初新文化的冲动。中国新文化运动，也是在西方近代思想启发下的一种选择。新文化运动领导者考虑的是解决内部的矛盾而采纳了域外的思想与技术。从《新青年》刊发的大量译介文章看，不都是帝国主义的逻辑，而是用西方知识分子批判、反思自己历史的文章在激励着自己。他们对于那些思想的起源和过程了解有限。从自己内部问题出发应对外部的挑战，必然忽略域外话语的逻辑层次，目的不是成为西方的一员，而是像对手一样有自由的天地。所以，我以为我们的前辈面对西方话语的时候，欣赏的是域外文明中自我调适的能力。这种调适即是一种文明批评和社会批评。

"五四"之前的文人讨论世界问题时，不免受帝国话语的影响，梁启超、谭嗣同的世界观中，有被文明等级论传染的部分，但"五四"后，特别是马克思主义理论传播过来后，情况发生了变化，既有对于帝国话语的挪用，也有对帝国思想的批判。这种复杂的表达我们今天梳理不够。刘禾团队涉及人们认知中的空白。不过，刘禾等人的研究似乎忽视了对于文明等级论认识中的

1　刘禾. 世界秩序与文明等级〔M〕. 北京：生活·读书·新知三联书店，2016：387.

差异性，论文中缺少辩驳性的视角，这带来了认知的单一性。但必须承认的是，本书对于我们从事近现代史和近现代文学史研究的人提出挑战，我们的知识结构似乎难以回答其中的问题，可是我们必须回答这样的问题。总结起来，应当有三点：

一、我们如何看待一百年间向强国学习的历史？

二、我们如何面对我们自己的文明的内部问题？

三、我们如何激活我们民族遗产中有价值的存在？

百年间的历史，是借助西洋文明观自我选择的历史。我们的现代化进程，有时受益于外来的思想，但也受困于这样的思想。自左翼文化出现，一面学习西方，一面批判资本主义，已经成为传统。这个过程我们丧失了一些存在，也获得了一些存在。

实际上，《世界秩序与文明等级》的作者，有的暗含着这样的思路，只不过他们把思考的路向指向了另外一极。唐晓峰《地理大发现、文明论、国家疆域》涉及帝国话语的部分，也看出来自资本主义世界的马克思主义者的批判的身影。马克思早就看到，资本主义的世界地图，其实是利益的地图，人的私欲在此都有折射。讨论文明等级论时，看到西方内部的分化与多样性演变，以及在这个演变中生成的新的精神，可能与初期的赤裸裸的逻辑不甚一致。赵京华《福泽谕吉"文明论"的等级结构及其源流》向我们展示了问题的另一面，对日本的开化理论进行反省和批判的是日本的知识界，他们对于自己的前辈的文明论里的问题的冷思，说明强国的价值观是在多元的交汇里变化的。

对于文明等级论的批判来自西方和发达国家的知识分子，这意味着一百多年来西方文化的进化也有依托于自己的批判传统的成分。如果我们只看到西方的文明等级论里的阴谋，而无视西方自身的多元文化的碰撞和不断裂变、发展的过程，就会把我们自身的问题隐藏起来。文明是在对抗中互补互动的存在。列强带来了灾难，但也输入了他们文化中值得借鉴的遗存。一百年来中国人苦苦向西方学习，不是希望成为霸权的国度，而是建立合理的世界秩序。而文化，则在"多"通于"一"中显示自己的特色。

中国知识界百年的域外文化接受史有丰富的经验与教训，应当承认也走过一段弯路。但中国知识界对于域外文化接受中最大的收获是获得了一种批判思维。这里除了马克思主义之外，其他流派的传统都使几代人为文化的认识，提供了难得的参照。胡适的知识结构与李大钊不同，但对于传统的态度，有惊人的一致。李大钊受马克思主义影响甚深，而胡适的精神来源有杜威的元素，两人都巧妙运用域外资源，对于新文化进行了有趣的勾勒。文明等级论在他们那里转变为文明的进化论，每个民族都可以通过学习与对比，后来居上，成为人类和谐大家族的一员。

这让我想起康德在《实用人类学》中对于文明国度的文化心理批判性的表述。他认为"道德上的自我主义者是这样的人，他把一切目的都局限在自身"。"能够与自我主义相抗衡的唯有多元主义，亦即这样的思维方式；不是把自己当作整个世界囊括在自己的自我之中的人，而是当作一个纯然的世界公民来看待和对待"[1]。揭示文明等级论与世界秩序建立的逻辑显得异常重要。它至少告诉我们，人类的选择有无数种可能，而非在一条路上。

我个人以为，这里存在着一个差异性理论，其中有多个要点值得注意：一是应当承认文化的发展的强弱不同，弱势存在体有其产生的根源，但不能满足于状况，学习他者极为重要。二是在对话中形成自我批判的传统，必须意识到文明不是固定的存在，有盛衰之别，和变化的可能。三是在开放的视野里重塑我们古老文明中有价值的遗产，一方面不断反省我们自身的局限，一方面吸收域外的文明有价值的东西，"取今复古，别立新宗"[2]。中国学界缺少对这几种现象的深入研究，对于域外文明的过程的阐释还远远不够。在重审文明等级论的同时，既要考虑世界秩序的主奴背景，也要警惕民族主义和大中华主义演变为"政治无意识"[3]。中华文化的包容性和开放性，才是它的价值所在。今天我们讨论这个话题，不能不考虑这些因素。

2016 年 6 月 25 日

1 康德.康德著作全集：第七卷〔M〕.北京：中国人民大学出版社，2008：122.
2 鲁迅.鲁迅全集：第一卷〔M〕.北京：人民文学出版社，2005：57.高远东在《现代如何"拿来"——鲁迅的思想与文学论集》中专门讨论过类似的话题。他从日本人对于鲁迅的研究以及东亚历史中，看到鲁迅为代表的东方知识分子对西方强势文化的态度的有价值的部分，即在抵抗和拿来中，建立一种"互为主体"的文明论。
3 钱理群在近年的研究中，多次言及民族主义与大中华主义的危害。这个话题没有引起人们的广泛注意。

近代文脉

　　自从域外散文译介过来，现代文章和古代小品文的区别，便显而易见了。好像是黄裳先生说，他年轻的时候看了鲁迅所译的鹤见祐辅《思想·山水·人物》，一下子感受到文章的新脉络。而他学习鲁迅兄弟的文章，也注意到了日本的近代文学传统。不独黄裳，现代一些诗人对于随笔写作有兴趣的，也有不少这类人物，记得卞之琳曾写过一篇短文《尺八夜》，韵律仿佛从江户时代而来，那是受到永井荷风的影响吧？我们讲中国现代文章，总会引用知堂的话说，乃言志意识的遗响，而那后面的日本小品的暗示也不可忽略。从辞章到内蕴，日本人的表达，也是被许多作家借用过的。

　　日本文学是一个奇特的存在，对于其行迹，我知之甚少。在我的阅读范围里，近代以来好的日本作家，文体里都多少有汉语的遗风。夏目漱石那代作家，对于汉语的表述，多少都很熟悉，芥川龙之介、森鸥外，也是如此。中日作家的互相影响，早已被我们的学者们叙述过了。

　　当我对此产生兴趣的时候，发现当代懂得日本文章之道的作家，其实并不太多。第一次去东京还是 17 年前，友人李长声陪我到上野一代闲逛。在居酒屋喝酒的时候，一时兴起，讲了许多日本文坛掌故。而我对于日本的文学的发展轨迹，也是与他的交流里才得知一二的。

那一年从东京回来便读李长声的文章，才知道他的散漫、洒脱，是融合了六朝与江户时代的遗风的。李长声喜欢谈近代文章，从当代文坛上溯到明治、大正时期，知堂的风格暗含其间。他的随笔有一点日本的味道，精神里游戏和自由行走的部分很多。他的文章是漫步式的，杂书里的智慧一点点流将出来，东洋的寂寞也略带几分。不过他善于自嘲，有一点从自我否定里看世界的潇洒，我猜想这也是近代日本的风格的一种延伸。

不懂日语的人要了解近来日本的出版情况，李长声的文字是不能不读的。他善写书话，但风格与国内人大不相同，有一点东洋的杂趣和"五四"的遗风。这恰是大陆书评家最欠缺的东西。李长声的文字随意中有一种机智，在阅读作品时常常打通中日的隔膜，说一些穿透思想之壁垒的趣话。这是"五四"后的随笔的变调，自然中多了诙谐。那些绝望、灰暗的影子被其明快的微笑代替，是书林中少见的妙品。

进入现代以来，日本的文章和中国的文章有相似的一面，一是从古代散文路数自然发展过来，延伸着东洋的逻辑，一是从西洋的随笔中来，夹杂了许多人类学、社会学以及诗学的元素。知堂谈文章，也遵循着这样的路径。其一是说白话散文来自晚明，乃公安派的延伸。另一方面，是西洋美文的参考，以学问和诗意结合的方式表达对世界的认识。但这里没有涉及小说家文本对于文章的影响，只有拥有写过小说经验的鲁迅意识到此点。他不谈美文，也鲜及文章学，都有另类的考虑。

如果小说家也是文体家，那作品就有了另类的美。但专门于随笔写作的人，则有不同的心解。李长声《关于随笔的随笔》乃作者的夫子自道。他从1000年前后的清少纳言的《枕草子》到十三四世纪产生的鸭长明《方丈记》、吉田兼好《徒然草》里，看出日本人在文字间艺术地处理心性与自然的审美路途，好似知道了东洋随笔的源头。丸谷才一的一句话颇得其心趣："写的和读的都必须有游乐之心，此心通学问。"这句话点到了随笔的要处，日本和中国现代的文人的笔记小品，基本从这个路子里来，乃学术论文的片段，从几点出发，敷成一片，遂有知识趣味的诗意化。知堂说这是古人的余音，而吕叔湘则以为宋代苏轼、洪迈的作品，才是这种形式的源头。不管怎样，东亚人在文体形式上，总还是有交叉的地方的。

近代人神往古典，对于远去的文人的只言片语有一点崇仰之情。李长声说，永井荷风的随笔是法国与中国近代趣味的叠加，"以汉诗为功底，文体看似白话，骨子里却是文言"。我由此猜测知堂的文章，也是从这类文本受到启发的。他在《中国新文学的源流》里只说新文学里的散文随笔乃古风所致，或许有意地遗漏，那个时候不易直说也是可能的。他有意以半文半白的方式为文，永井荷风的传统多少起到了作用。

不过这类随笔也存在一些问题，那就是掉书袋的时候，知识易淹没了趣味。而鲁迅、张承志这类作家和夏目漱石、芥川龙之介的文章，好似没有让人厌倦的地方，因为有小说家的意识，维度里是人物性格、命运的投射，读起来总是好看的地方。鲁迅的随笔把诗、知识、人物神态和历史故事穿在一起为之，尼采、鹤见祐辅的东西都有，是超出一般文人的辞章之趣的。这是对传统笔记的突围，这遗风在张承志那里得以折射，给当代读者的冲击总是难忘。

张承志的文章是扩大了的随笔，在他那里，小说与随笔的界限并不清楚。与他相似的史铁生也有几分这样的味道。不过他们的问题是不能从古典的趣味里展示现代人的困惑，较之周氏兄弟不免有些单调。当代小说家有三位很讲究文章的章法，一是汪曾祺，二是阿城，三是贾平凹。他们的随笔都不像以散文为业的人那样单一，古人的气韵多少可以看到的。

其实除作家之外，学者的文体也是有同样的效应的。近年来竹内好、木山英雄受人关注，既有思想的深，也未尝没有辞章之美。而那辞章蕴含的诗趣，也有几分迷人之处。

我多次见过木山英雄先生，觉得他对于文本的咀嚼和对思想的沉思，都与别人不同。有一次陪木山英雄先生外出旅行，我问及日本现在的作家的古文修养如何，他说当代青年似乎不太使用古奥的文字写作了。许多人的词语方式和百年前的表达有些隔膜。如此看来，和中国的青年很像。我们谈及了永井荷风，他认为其文笔漂亮，法语、中文的修养均有，乃不可多得的作家。坂元弘子教授告诉我，木山英雄先生喜欢永井荷风的作品，那原因可能是先生欣赏到词语的深广的一面。而木山英雄最为喜欢的，就是这表达的丰富性。

我由此推测中国学界喜欢木山英雄的理由，他是把精神的调色板，加了东西方文化的元素。德国的理论他读了许多，又从章太炎、鲁迅那里吸收了诸多思想。笔法呢，幽玄如道家的简约，而深广则仿佛德国古典哲学的交响了。木山英雄有一本写中国现当代旧体诗的著作[1]，他对于中国各种文体的实验，都有兴趣，而自己也能写一手好的汉诗。他带着日本的经验而来，激活了旧体诗的表达空间，这是双语结构的作用。想一想民国作家的各种文体的摸索，那是有一种精神表述突围的渴念。据说日本的俳句就利用了词语的特点引出审美的多致性，在这个层面描述自己的心得，是有一种大的快慰的。

2016 年 10 月 20 日于旅顺

1　木山英雄 . 人歌人哭大旗前：毛泽东时代的旧体诗〔M〕. 赵京华译，北京：生活·读书·新知三联书店，2016.

写作自述

访谈者：中国人民大学文学院 2016 级博士研究生　荆伟

一、阅读中的成长

荆：孙老师您好！感谢您接受今天的访谈。第一个问题是想了解一下您的家世，因为您是 50 年代生人，这个时代应该是很丰富的，而且据说您早年生活也比较坎坷。您能简要地谈一下吗？

孙：我出生在大连，但是我的爷爷和父亲都是出生在内蒙古赤峰。所以我应该说祖籍是内蒙古。我的祖辈很穷，但到了祖父这一代成了地主，新中国成立后受到了很大的冲击。我的父亲很早离开了内蒙古，他曾在国民党部队任职，后投诚起义参加人民解放军。这个出身和历史问题，成了一个很大的阴影，对于全家人都有很大的影响。我的母亲是中共地下党，参军后在东北局工作，后来又上大学。我常说，我们家是典型的"国共合作"。

荆：这个说法很有意思。

孙：国共合作，既有国民党的背景，又有共产党的背景。父母是大学同学，而且都是中文系毕业的。

荆：他们毕业于什么大学？

孙：他们毕业于沈阳师范学院，这个大学是辽宁大学的前身。当时东北只有两所师范学校，一所是东北师范学院，另一所是沈阳师范学院。后者是1950年成立的。

荆：您早年都读过哪些让您印象深刻的书？

孙：小的时候受到父母的影响，家里有一点点书。能够看一些古代文学和外国文学的作品，但是不是特别多。不过我父母大学时代留下的讲义，我后来也慢慢接触过。还有俄国的、苏联的一些书，就是当时翻译过来的，这对我早期影响还是比较大的。"文革"期间我的父母都受到很大冲击，那个时候我很小，所以就自己读书。那时在辽宁南部的一个小镇里，有一个学校的图书馆，没有被烧，书籍也没有流散，都保留在一个很古老的书院中，书院叫衡山书院。当时有一位姓孙的老师，他收拾学校的图书馆，常让我帮忙。他是高度近视，看不见，我就把普希金、莱蒙托夫、拜伦、雪莱什么的，全都搬回家了。我父母都被抓了，也没人和我玩，就在家看书。我就在这个阶段看了很多书，有些书可以拿回去看，看完后再送回去。那时最受震撼的就是穆旦翻译的普希金的抒情诗集，特别是《青铜骑士》《高加索的俘虏》《波尔塔瓦》等长诗，一下子就被"俘虏"了。接着就是看莱蒙托夫、雪莱和拜伦的诗，也非常喜爱。那时大概也就十多岁。我的记忆就一下定格在俄国、英国和法国的诗人的作品。中国方面最早看的是艾青的诗，喜欢得不得了。也看过汪静之的《蕙的风》，比较压抑，不是特别喜欢。我看的第一本有关鲁迅的书，是朱正的《鲁迅传略》，然后看《呐喊》《彷徨》，不过看不懂，只是觉得有些恐怖，鲁迅笔下的那个小城和我住的小城很像。

荆：艾青的诗似乎青年人都喜欢，因为他的诗有一种难以言说的激情。

孙：对。艾青的诗在一个十一二岁的少年眼里点染了"圣火"，惊叹它会那样的美。所以就偷偷地模仿着写。我早期写的诗，受到穆旦翻译的普希金风格和艾青的风格影响特别大。写诗一直写到 25 岁，这之后基本上不写诗了。

荆：没想到孙老师是以一个诗人的身份开始写作的。

孙：对，我最早发表的作品是在 1977 年，在县城的小报《复县文艺》上，是一首诗歌，庆祝粉碎"四人帮"，当时编辑说你的诗太欧化了，可是我没有意识到。之前也写过一些诗，可是投稿都没有录用，只有这首发表了。后来在《辽宁文艺》上发表了一些歌颂新时期到来的作品，但是写得比较政治化和口号化，现在回头看是比较可笑的。可是那时真实的情感记录，因为从"文革"走出来，在告别"文革"的时候还是用"文革"化的思维来做告别。不过自己的诗歌的基因里面还受到了外国诗歌的影响。当时写了一些"非驴非马"的作品。

荆：老师您有没有尝试写过古体诗？

孙：写过，那时大概是小学四年级的时候。写古体诗是因为高年级同学组织了一个诗社，但是那几个同学都是出身不好的，后来被人揭发检举，诗社也没有继续办下去。我们的诗社活动了一段时间，都是抄杜甫和李白的诗，王维的诗，还有一些宋词，例如周邦彦、柳永的词。我母亲发现后，把我抄的诗偷偷烧掉了，当时"左"风甚浓，大家都害怕。当时也受到毛泽东诗词的影响，毛泽东的36首诗词也都能背下来。这些写作都是自学，学校已经不上课，都是"干革命"和劳动，讲的是毛泽东语录、农业常识、革命历史，所以我也没有系统地读书。就读一些文学作品，包括巴金的小说，冰心的散文。插队的时候带了一些书去，后来作理论辅导员，读马恩的书，但是马恩的书在高中的时候就已经读过很多了。马克思、恩格斯、列宁、斯大林、毛泽东的一些书都读过，最喜欢的是马克思和恩格斯的书。列宁的书有些隔,斯大林的书太绕,读起来也很难理解。也偶尔读过一些普列汉诺夫的书,《一封没有地址的信》,谈艺术,我对这个印象很深。还有康德的《未来形而上学导论》,买回家里,完全看不懂,不过那种句式给我很深的影响。当时很奇怪,为什么"文革"后期会有这些书在书店里卖,搞不清楚。那时我的四姨在大连图书馆工作,我的父亲在农场劳改,他经常让我去图书馆借《牡丹亭》《桃花扇》等书,因为"文革"时家里的书都被抄走了,就去图书馆借。借回来就跟着我父亲一起看。特别喜欢元代杂剧的意味。

荆:"文革"时期这个图书馆可以正常运营吗?

孙:不是的。这是内部渠道。所以我这属于一个特殊的个例,后来我与北京的一些同龄人讲我看的书,他们都很惊讶,因为他们在北京看不到。

荆:对,当时破"四旧",很多书都被处理掉了。

孙:我们这些从"文革"过来的人,当时读的很多都是"文革"流行的东西。我那时因为这样的机缘,读了一些大家读不到的书。这对我后来性格和写作的风格多多少少有一定的影响。

荆:不久前您在公众号中写了一篇回忆,里面涉及下乡插队，可以讲讲那时的情况吗？

孙：下乡插队就是劳动。我们住在复州河畔两个村子中间，西边的叫杏树园，东边的名为西瓦。复州河两岸有许多古迹，偶尔能见到一点石刻、瓦当，细看坟茔中的碑文，都斯文得很。

几位同学在山上养蚕，带着自制的火药枪看护着山林，每天在山上走来走去，像巡逻的哨兵。印象深的是老万同学，他的年龄与我相仿，每天乐乐呵呵的，像是乡下玩客，无论怎么枯燥的环境，似乎总能寻出些趣味来。我和老万住在一个房间，彼此的关系甚好。我们还上山打兔子。

荆：老师您还用过猎枪？

孙：用过，不过我不内行，但是同学的老万爱用，他的枪法特别准，他的样子像一个老练的士兵。平常喜欢打猎。他一个人拎着猎枪走到山里，在树丛里寻找猎物。有一回，我随其上山，累得气喘吁吁，他却身轻如燕，在树林里绕来绕去。不一会儿，便发现了目标，放了几枪，终于干倒了一只野兔。我们是下雪天用"堵"的方法打猎。我的那篇文章写的有些像田园生活。

荆：但是那篇文章写的生活不是那么苦。

孙：实际上还是比较苦的，新来的知青多在治山队劳动，一部分人开山放炮，把那些石头运到村外的水泥厂。另一部分到各小队劳动，白天的工作强度很大，尤其是秋季收割庄稼，复州河南岸的玉米地一望无际，每垅地割到头，都要一个多小时。干不了几天，人就累的骨头都松了。不过那个村庄民风特别好，大部分是满族人。杏树园、西瓦这两个村子，也有着都市里没有的醇厚之风，三四百年前的习俗依稀可辨。和老乡们比，知青的一些表现倒像是蛮人。那时候也把不好的习气带来，开会时空洞的口号，极"左"的呼应流行思潮，也搅乱了乡下的日常生活。能够感到，老百姓对于这套东西很是隔膜，知青在他们眼里，有时候也许像个怪物。老百姓好像没有经过革命似的，单纯极了。偶尔有人偷鸡摸狗的行为，也是惹得老乡颇为不满的。我们青年就在那里劳动，我的印象里村庄还是很美的，也比较浪漫，我在那里写了很多诗歌，每天都写。那个时候劳动任务虽然很重，但头半年我的任务是"护青"，在山上搭窝棚，其他人就累坏了。后来我又当了理论辅导员，半脱产，每个星期有几天我是不劳动的。

荆：理论辅导员有什么工作？

孙：大概相当于大队干部吧，给四个小队讲解马克思主义、毛泽东思想，也经常到县里或公社学习。在党校学习，到那里可以改善生活，吃一顿好的，偶尔有肉，可以说很特权了。

荆：您的回忆散文中似乎和知青文学里写得不太一样，没有那么辛苦，肩挑手扛，满脚血泡。

孙：我的确是写的浪漫了一些，我的情况属于特例。那时我在那里挣的一年工资大概 300 多块钱，比当时城里的人还高。

荆：那时一年 300 元的工资似乎非常高了。

孙：对。因为我们那时公社在海边，有用于出口的油罐加工厂，生产队特别富裕。我的那篇文章中提到的事情都是真实的，当年的那些朋友看到都说要回去看看。

二、伴随写作的求学与工作经历

荆："文革"结束后，您参加了高考，当时是怎样的情况？您的大学生活又给您哪些记忆？

孙：我们青年点高考就我一个人考走，我在全县考得不错。但是最后因为政审不合格刷下来了，我母亲不服，便去上访，省里领导说大学录取已经结束了，便去了大连师范学校读书。读了一年我就工作了，在县里文化馆搞创作。我 1982 年又回到大学，那时读了两年半就读研究生了，等于我大学没有读完，"稀里糊涂"就读了研究生了。当时因为我在《当代文艺思潮》和《当代作家评论》上发表了几篇评论，后来又在《文学评论》上发了两篇论文。于是开始接触批评工作了。

荆：那些论文是关于什么方面的？

孙：写茅盾、巴金、张贤亮的。在 20 世纪 80 年代，《当代文艺思潮》这个杂志是特别火的，后来《当代作家评论》也上来了。我在《当代作家评论》上发表的文章最多，主要是陈言、林建发的提携，渐渐走上批评之路。

荆：的确，我在翻阅这个杂志时发现很多都有您的文章。

孙：对，我在这个杂志上写的比较多的，持续了 30 多年。

荆：但是没想到您起步的时候并不是作鲁迅研究。

孙：我开始没有作鲁迅研究，但是我特别喜欢鲁迅。在大学时代受李泽厚的影响比较大，开始思考相对深一点的问题。读当代作家的作品，读康德的哲学，读黑格尔，读萨特，读卡夫卡，读里尔克。在通往真理的路上，要有尼采、叔本华、鲁迅、萨特、康德这样的人。

荆：有一点很奇怪，现在看您写作的文章，基本看不到引用理论的痕迹，好像都已经化入其中了吧。

孙：我觉得每一个民族有自己的一套写作方法。现在大学里这种写法用它的道理，讲究一定的确切性，但是我觉得很重要的哲学家、思想家的文章都是有温度的。比如尼采的作品，马克思的作品，都是有个性的。再比如王小波的作品多么有个性。我相信每个人应该有自己的文体，不应该都一样。

荆：我觉得您的文章一个特点就是即使隐去名字，也基本能看出是出自您的手笔。里面的理论引用感觉很少。想不到您居然看了那么多康德的晦涩的作品。

孙：外国哲学家最喜欢的是康德。直到今天我还经常翻一翻《纯粹理性批判》，给我很大的启发。我自己的写作其实是按照自己的兴趣来的，也没有想到这是写论文。1985 年写张贤亮的评论文章给了我一点信心，人大的影印资料都有转载，当时我读了大量的理论，联系起许多小说，就这样开始写作。

荆：您当时同作家们都有一定的交往，能讲一讲其中的故事吗？另外您又如何从诗歌写作中跳脱出来的呢？

孙：20 世纪 80 年代我看到北岛和舒婷的一些诗以后很喜欢，意识到自己过去的写作走了弯路，我就不再写诗了。他们写的诗是真的诗。有一次我去福建舒婷家中，她和她先生接待我，她先生是一个批评家。我感觉舒婷的诗是正路子，我就不再写了，我们当年写的是受"文革"影响的诗，都不是正路子。我就开始思考问题，开始写一些类似读后感的文章。我写的都可以称为"读后感"，不能叫"论文"。

荆：老师您太谦虚了。您提到当时北岛和舒婷的诗，很多人批评他们叫"朦胧诗"。

孙：对，我很喜欢他们的诗。

荆：但是包括老诗人艾青等都不太喜欢这种诗，您怎么能把这两种风格的诗融合在一起的？

孙：当时我觉得艾青晚年的诗歌不如他早年的创作，不如当年的《雪落在中国的土地上》《向太阳》《透明的夜》。艾青当时可能有自己写作的问题，我们青年人都是站在北岛、舒婷、顾城他们一面的。可是我那时的兴致点有些变化，觉得诗歌它不能够完全表达自己对世界的认识，而哲学或者理论的东西更吸引我。我就拼命地读弗洛伊德、康德、尼采的书，觉得兴趣变了。等到读多了发现，我们中国人不太适应用那种方式来表达自己的思想，所以后来我就慢慢摸索了这么一条读书写作的路，就这样开始写，写这种随感性的文章。但是没有想当作家写小说或者散文这种念头，完全没有这种欲望。其实就是在找一种自己喜欢的东西，没有想去当批评家，也没有想去当作家。后来《十月》和《收获》让我开专栏的时候我就觉得很奇怪。细想起来，可能与自己的散漫的写作风格有关吧。

荆：所以说这就很有趣，您是一个并不立志要当作家的作家。

孙：所以我也觉得很奇怪。不过到现在我也不认为自己是作家，也不觉得自己是学者，应该说我就是一个读书人。到大学里，我也想像大学老师那样去写，但大家都这样写，我也这么写就没什么意义，我就干脆保持我自己吧。

荆：我觉得这样保持自己的写法就能让您写作时跳脱出来，有更多的自由。

孙：但是这个东西也有问题，我是不主张学生也像我这样写作的。严格一点训练自己很重要，我太散漫了。

荆：我想这种写法需要相当多的学养作为基础，不断地积累，才能得心应手的运用这种文体。恐怕学生阶段还不能模仿。

孙：我这种写法也有我的问题。

荆：您毕业后换过好几次工作，从编辑到记者再到鲁迅博物馆馆长，这些不同的职业又有哪些让您感触很深的地方？在这之后为什么选择回归校园？

孙：我一生大多时间当编辑，1988年参加《鲁迅研究动态》编辑工作，工作地点在鲁迅博物馆。在这期间认识了很多鲁迅研究专家。这4年的编辑生涯，对鲁迅研究的资料、鲁迅研究的动态，有一些了解，有一些感性的认识。后来到了报社，就出了一本书：《20世纪中国最忧患的灵魂》，这本书比较粗糙，1993年出版，距离现在已经20多年了。但是这是当时我自己的一个心得。1994年我编了一本《被亵渎的鲁迅》，这书是我偶尔和一个出版社的朋友聊天时想到的。这书编出来后有一些影响，有出版社就找我说，"你能不能写《鲁迅与周作人》？"我开始时拒绝了，因为当时当编辑没有时间，但是他力劝我写，结果我用3个月时间就写出来了。那时一版出了2万册，卖得特别火。钱理群先生就在《鲁迅研究月刊》上写了一篇评论，南开大学张铁荣先生在《光明日报》上也写了评论。也正是因为这本书我才真正到了学界，与鲁迅研究发生了更深入的联系。尽管现在我看这本书不是非常满意，但是我当时写的时候身份不是一个学者，而是一个记者。作为一个记者，用业余时间写作，写它的时候没有任何功利心，就是自己内心的一种表达。当时鲁迅博物馆需要一个馆长，找到我，犹豫再三，最后还是回来了。

荆：这倒是一个很好的再次深入了解鲁迅的机缘。

孙：是的。在这期间，也更近距离地接触到"鲁迅遗产"，比如他的手稿、藏书、同时代人的回忆录和文章等等。不过馆长管一些杂事，吃喝拉撒睡，但是也搞业务。我从2002年开始负责《鲁迅研究月刊》工作。开始的时候这份杂志还是由一个老同志主编，我是在2004年起才真正接手主编工作。在鲁迅博物馆的时候，主要是组织全国的鲁迅研究，同时也搞一些当代作家的批评。当时提出鲁迅博物馆有"三个中心，一个园地"的概念，即"鲁迅研究中心""资料中心""宣传中心"和"作家活动园地"。还在鲁迅博物馆与人联合搞过莫言、阎连科的研讨会，那时莫言还没有获得诺贝尔文学奖，反响还都不错，也有和一些当代作家的互动。我搞过汪曾祺的展览、王小波的展览。王小波的展览是在他逝世 8 周年的时候，我和几个朋友跑遍了他在北京待过的地方，拍摄了大量照片。这都是我个人喜欢的。

荆：对，后来我看这些作家也不断地在您的评论文章中出现。

孙：是的，这与我个人的偏好也有很大关系。

荆：您在工作之余，是如何利用业余时间的呢？

孙：情况是这样，业余时间就是给《十月》等杂志写过一些随笔，在报纸上也开一些专栏。那时在鲁迅博物馆写文章，完全没有职业套路，随心所欲地写。那时还在《当代作家评论》和《读书》写文章，尽管当时上面的文章大都是高校论文模式，但是我不是这样。我的文体就稍微活泼一些，到大学来以后发现自己的风格与学院派距离很远。写论文如果要我像 20 世纪 80 年代那样写也不是做不到，但我觉得那样写就太拘束了，所以我就依然保持我自己的风格。一直到现在都是这样，竟然还能被学界容忍，也算一种侥幸吧。

三、批评家与作家的身份融合

荆：我觉得写论文的方式有很多种，您的风格应该是其中的一种。您的写作与文艺理论的联系往往是暗藏在文字之下的，您的文章有一种文学散文的气息，清新流畅，这种"非学院气"的文风可能与您的工作经历有关，如果您当时作为一名记者写出很学术化的文体，可能大部分读者接受起来也有难度。

孙：对的。所以现在媒体比较愿意用我写的文章，受众也相对较多。高校研究的论文则不需要那么多的受众，它的理性内容比较多，感性的内容比较少，所以学报上的文章多数是专业圈里的人阅读。

荆：您在报社的时期好像和一些老作家也有比较密切的交往，例如汪曾祺、张中行等，您能谈谈当时的情况吗？

孙：在报社时重要的收获就是认识了一些影响比较大的作家，比如张中行和汪曾祺。张中行先生给我很深的印象，那时候人们说他是个京派式的人物，可是我却在他那里感到了一丝孤独的东西在内心的流露。我们谈天的时候随意而快慰，自己在这个老人面前很放松。我觉得他身上有种迷人的东西。汪曾祺的人缘好，他像自己的文字一样被许多人喜爱。他好像没有等级观念，与人相处很随和。身上有种温润的东西，我们从中能呼吸到南国般的柔风。这两个人我很喜欢，我后来都写了关于他们的书。那时我编辑文艺副刊的时候，他们两人的文章是非常好的，而且他们的学问和文章层次都是一流的，对我影响特别大。那么他们背后的废名、沈从文以及周作人的传统，也正是我研究的对象。所以我在报社的时候就已经开始写《周作人和他的苦雨斋》，到了鲁迅博物馆后把它出版了。这个其实就是在写一个京派作家系列。由废名而沈从文而汪曾祺，是一条向高的智性和幽深的趣味伸展的路。当时编副刊，接触了各种各样的"新京派"的作家和学者，所以这条线路也就越来越明晰了。

荆：所以您当时身处的文化圈与您的写作形成了一个良性互动。

孙：嗯，我大概是国内现当代文学研究中经历比较特殊的人。比如李辉也是这样，不过他没有去大学，我是等于重回大学了。他是搞材料研究，我是作文本解析的，这一点不太一样。

荆：批评家与作家身份的融合在您身上得到了很好的实现，您怎样看待您这种双重身份？

孙：批评家和作家身份比较奇怪，我不知道怎么就变成作家了。最近还被任命为散文委员会副主任，主任是贾平凹，副主任还有新疆很有名的作家刘亮程。和他们比，我的文字还是弱的。

荆：我觉得您在散文这方面是可以称为作家的。您的散文主要是作家评论类的散文。

孙：散文其实写得不好，说起来大概可以归为"学者散文"。其实我写还是用评论的语言，还不是真正作家式的语言，与贾平凹等作家是不一样的风格。

荆：您的散文给人的感觉是更"收"一些。

孙：如果说我是批评家，我倒是可以承认。说我是作家，我觉得不够。也许能称为散文家吧。我是把批评当成散文来写的，把散文也当成批评写。这应该是我最重要的一个特征，这个和任何人都不太一样。但是这也有一个问题，这样的批评学理性不够，穿透力也不够，它是感悟，是一种现象的描述，没有做到历史的、深层的、理性的分析，这个是不够的，这也是我非常清楚的自己的一个特点。

荆：您在写这种学者散文的时候有没有一种预定的期待，期待是什么样的受众，什么样的读者？

孙：这个是没有的。写的时候就是自己在那里尽量任意而谈。就是把自己想法说出来就可以了，没有预定是哪一类人来读。

荆：这也应该是一种自由的写作。

孙：但是也有一点，当时想让更多的人都读懂，所以写得太通俗，通俗写的太多的话会出现自己不能向更高的地方前进，我也意识到自己写的东西比较浅。

荆：写作的时候真是很难权衡，很多人必然会面对一个"曲高和寡"的问题。

孙：对的。但也有一些文章，比如我最近写的评论《望春风》的文章，这是我对《望春风》文本的一个比较认真的解读，因为格非这个文本恰恰是和我自己喜欢的东西比较吻合，所以写起来比较顺。但也有一些文本我分析起来就比较隔阂，因为我自己和他们的传统就不太一样，比如王小波。我最近也写了一篇评王小波的，但是我与他的传统还是隔着的，我是用另外一种语言方式来表达，与王小波的黑色幽默与智性完全不一样。

荆：王小波的写作是一种完全狂放的，不加收敛的，完全表现的一种风格。

孙：他是完全松懈下来的，王小波善于描写畸形的人生。他对荒诞岁月的一切，用的是丑陋的形象加以概括。并且在叙述这种丑陋的世界时，释放出超越于此的刺眼的光泽。所以写作的感觉不一样。我也是面对有的文本写的顺手，有的不顺手。

荆：为什么您的写作选择从鲁迅入手？

孙：这是因为想来想去，所有的作家都不如鲁迅给我带来的震撼那样大，他的人物形象和环境氛围给人留下特别深的印象，有一种黑色的感觉，但里面还有一股热流。虽然写的都是血淋淋的黑暗和惨烈，但是也带着人性的光芒。他从心理结构入手，对我们中国人进行剖析，他是最为深刻的，而且又是百科全书式的作家。到目前为止，可能我是写鲁迅最多的几个人之一，十多本书，可能钱理群先生也写了这么多。鲁迅是一个参照，他同孔子、苏格拉底、康德一样，都是一个标杆，是一个高高的精神的风向标。

荆：您看国内许多人都写过《鲁迅传》，您的《鲁迅与周作人》也是有传记的性质，您觉得您和其他人写的传记有什么区别呢？

孙：每个人都不一样，我觉得在众多的鲁迅传记里曹聚仁的《鲁迅评传》写得不错，刘再复、林非写的那本书，也有很深的印象。还有林贤治的，王晓明的，他们的书有力度。朱正的鲁迅传则材料丰富，气象也大。我的书大概是一种散文心态，来抒发我自己，表现自己的印象式的东西比较多；他们是相对比较冷静。比如曹聚仁，他就非常冷静。当然林贤治的书也是投入感情的写法。

荆：比如他的《一个人的爱与死》？

孙：对的。当然他写得比我有力量，我写的可能更"柔"。其实我的文风也是有些靠近旧式读书人，现代性反而弱许多。有人说我的选择是"想作鲁迅的周作人"，这可能也只是一个比喻。

周氏兄弟我们怎能比肩？

荆：但是我不是能完全理解这"想作鲁迅的周作人"这个评价，也不是完全认同。

孙：鲁迅是个原典性的人物，你通过他可以和胡适、周作人、陈独秀作对比，包括和很多京派人的对比，都可以拉近来谈。所以我写他周围这些人写的比较多。其实如果我把这些精力用来写鲁迅传记，可能会写得比较集中，但是后来我把它写分了。因为我觉得写鲁迅传会遗漏很多东西，因为他内容实在太多了，我一直想要理解鲁迅的语言，鲁迅的表达格式是非常特别的。我梳理发现了一些，但有些就不太清楚了。我觉得从庄子、曹雪芹到鲁迅，中国很少有人能用这样很神奇的方法来感知世界，表达出来的韵致都是我们常人思维逻辑所不能表达的。到现在我也没有想好是否去写鲁迅传，心里没有底。

荆：其实您已经写过鲁迅的很多方面，无论是他的杂学，他的文物收藏，可能要比单一的传记要更丰富一些。您怎样看待文艺理论与文艺批评实际操作这两者的关系？您更喜欢哪种形式的文学批评？

孙：由于兴趣原因，我曾经看过很多文艺理论的书，现在偶尔也在看。但我更愿意看作家写的文艺理论批评，作家分析别人的作品。比如像卡尔维诺的《美国讲稿》，分析文学作品。还有伍尔芙，她谈文学作品。尤其是博尔赫斯谈文学作品。我特别喜欢看他们的东西。我觉得文学批评肯定是有理论性的，学院派的批评是毫无疑问会做得很深。但是文学批评还有一种来自作家的批评，我挺喜欢作家的批评。所以我的写作就是介于学院派和作家之间的一种批评。学院派批评和作家批评之间有一座桥梁，有一种过渡，我可能是站在过渡的地方。

荆：我觉得是这样的。因为批评家经常是为读者剥离出一个故事，让人们看得更明晰一些。但有时作家的批评会把这个故事说得更复杂，更缠绕一些。

孙：对，就是这样。所以我可能用了这种"非学院派"的方式来做批评，鲁迅就是讨厌学院派的，也挖苦学院派人士。他虽然在大学教过书，他写的《中国小说史略》和《汉文学史纲要》，用的是旧式学问的古文，但也沐浴了西方文论的光泽。所以在批评这一点上可能还是受鲁迅的影响，包括我最近写的《王小波二十年祭》和《望春风》的评论，基本上还是用一点儿"五四"时期学者散文的方法来写，这个对我来说很重要。当然我们这一代人的知识结构不如"五四"时期的学者，所以写的还是比较浅的。

荆：20世纪80年代经常被视为中国文学的复兴年代，您对此有何看法？如何看待这样的复兴？当下我们能否再次实现这种繁荣？

孙：80 年代的确有中国文学的复兴的冲动，但是这种复兴是在"文革"那样巨大的惯性下的一种反弹。当时民间和官方的想法有时候是一致的，所以说还是很热闹。但是现在来看，真正有成果的，好的东西其实也不算多。不过它是一种思想解放，大家都心情愉快，开始放飞自己，有热情，有理想。

荆：可能是之前的文学"低谷"太低了。

孙：对，实在是太低了，这之后一下就反弹了。现在中国文学的流派就多了很多，什么流派都有，写作也变得多样化。当时一篇文章，一本书就红遍大江南北，现在是很难的。比如最近《人民的名义》很红，书卖了上百万册，因为它写到了社会聚焦点，不过一般成熟的社会是应该有更多的聚焦点的。80 年代是试图向"五四"回归，回到"五四"的原点来思考问题。按照这个层面来说就是文艺复兴的选择。80 年代我们重新认识新儒学、传统文化，写出了"寻根文学"，在哲学和史学里面重新评价历史事件和人物，出现各种各样的观点，大家都是想要回到中国文化的高地，有一种文艺复兴的渴望。

荆：您最近还提到了"文章学"的概念，比如说到了"非文章的文章"，您可以进一步解释一下吗？

孙：文章学这个概念，是老的概念。我是觉得在写作过程中，搞文学批评和搞文学创作的人都不要文体太单一。搞文学批评的人太偏向理论话语，搞文学创作的人就是倾向于白话、家常话。但是我们古人没有考虑文体的时候，还是很自然的使用的。现在比如北大的陈平原教授，他很注意这个文体的使用，可是很多人都不太注重文体。所以"文章学"这个概念也不是我自己的独创，很多人也提出来过。我也借用了很多古代和现代学者关于文体的一些观点，他们的一些资源，也感谢他们研究唐宋文论的一些观点，这些观点对我的启发也很大。可是研究唐宋文论的人往往不研究当代文学，所以我就一直希望把研究唐宋文论和研究当代文学进行接轨，也做了一点儿这样的努力。所以我有时候写评论，也采用一点古文论的格式，但是学的有点不像。偶尔也用一用明清文论里那种散淡的文体，另外理论的东西也用一用，结果写出来有些"四不像"。

荆：其实古人既是写作者，又是评论者，这是一个不分家的两面。但是现在就往往变成了有隔阂的两面。

孙：在我看来，文章若想写好，除了作者的天赋和感觉，智慧和学养的重要性不容忽视。鲁迅就是一个文章家，读鲁迅你会发现这完全是一个全新的世界，真实地还原了现存世界的明暗，对生命的痛感的描述是前无古人的，在那些奇异的文本里，还有着冷热相间的幽默，以及精神的穿透力。西方学者的逻辑的力量也呈现在那里。你看最近李敬泽的书《青鸟故事集》很畅销，他就是用一种丰富的文体来写作。他不像其他一些作家单一的文体，他又不像书斋里的评论者。这可能与他家学有关，他的父母都是搞考古和古代史的，现在能写李敬泽这样丰富文体的人不多。汪曾祺和张中行都属于文章家。汪曾祺在一定程度上是个杂家，精于文字之趣，熟于杂学之道，境界就不同于凡人了。他写文章时尽力和他喜欢的杂学融在一起，写出来的文章通体明亮，是混合的东西。所以我说如果作家不是文章家的话，他就不是文体家。中国作家里汪曾祺和贾平凹都是文章家，尽管汪曾祺的中国古代文学的修养要更深，贾平凹写作的"温度"还是足够的。我在上课时就和同学们讲，我们中国的文章有几千年的历史，应该去学习，学习这些好的遗产。现在我们同学大学或者研究生毕业之后，要是只会写学术八股文是比较可笑的，应该会写各种文体的文章。所以我说中国文学要复兴的话，我们搞文学的人要复兴文章，但不是回到过去，写古文，而是要像古人那样，尽量地让我们的文字有弹性，有质感，这个是很重要的。

荆：对，就像我们今天读鲁迅，会在《鲁迅全集》中发现各种文体，各种各样的写作手法，各种各样的可能性，不论是写骈文体的学术文章，还是模仿市井小民对话的白话文，都是不一样的。

孙：所以这个文体还是非常值得我们研究的。我自己看文学作品，我不是想我是研究它，而是揣摩它，这样的文章为什么这样写，怎么写，不断思考这个问题。

荆：这可能就是您的一种"作家心态"。

孙：是的。但是当下的文学繁荣与否并不是批评者所能决定的。当下文学的"人气"和 20 世纪 80 年代不同了，现在的中国人更偏向实用主义，实用主义渗透到教育中，就不容易培养出有个性的人物。像汪曾祺、张爱玲、王小波这样的人极少，一个时代也就几个这样的人，大部分人都是跟着潮流走，都是同质化的，一个调子，一个色彩。不过我们也有异样的色彩，比如阎连科、王家新等，他们也很不错，是很厉害的。

荆：最后请教您一个问题，在今天我们如何阅读和研究进而阐释鲁迅？是选择有距离地观看还是自身沉溺其中，把自己的情感投射到鲁迅研究之中？您的研究更偏向哪种？

孙：我觉得每一个人对鲁迅的阅读是不一样的。不同的知识结构、不同的年龄段、不同的领域的人，他们对鲁迅的阅读都会有不同的视角。我们也可以从历史主义的视角远远地去看，也可以把他作为一个人生的坐标。国内的研究者都倾向于第一种，比如郜元宝、高远东，他们的研究都很冷静。但是钱理群则不同，他是燃烧在其中。

荆：他是把自己投射到鲁迅的情境中来体会的。

孙：钱理群是从人格上和鲁迅叠加在一起，这种不一样，是因为鲁迅实在太有魅力。我是更偏重从审美的角度来读鲁迅，我和钱理群先生还不一样，我的研究有时候现实色彩不是特别浓。

荆：可能是因为这一点他们才认为您是"想成为鲁迅的周作人"。没有强烈的意识形态色彩，这一点还是和鲁迅有区别的。

孙：有区别的，有很大的区别。鲁迅 20 世纪 30 年代后期文章中有很强的意识形态色彩，我的研究还是有一点超然的色彩的，感觉不出有很强的锋芒。可能还是比较中庸的，在允许的范围里面"跳舞"，是一个比较温和的"异端"。我觉得鲁迅作为一个存在，是可以冷静进行学院派的分析的，在哲学、历史、审美的层面上进行研究是没有问题的。但是也可以存在其他视角，比如陈丹青，他就把鲁迅作为自己的精神向导，鲁迅对他是导师一样的地位，陈丹青的战斗性和现实感都是和鲁迅相通的。总之还是不一样的路。杂文家邵燕祥通过文化批评、社会批评，把鲁迅的杂文思想也留下来了。还有一些诗人也在呼应鲁迅的传统，像王家新、北岛在某些诗作中的意象也可以看出受到鲁迅的影响。还有像复旦大学的一位研究古代文学的章培恒先生，他就是把鲁迅的精神用来研究中国的传统文化。再比如赵园，她虽然没特别研究鲁迅，但是她关于中国文化和中国文学研究的作品，背后都有鲁迅的影子，有鲁迅的影响。她拿鲁迅作为资源，作为自己重新观照历史的一个参照，不像钱理群和我，直接通过观照鲁迅来表现世界。有的研究是这样：鲁迅不出现，但是无处不在。但有的不是，你看南京大学的丁帆、王彬彬，他们有战斗精神，他们选择直面式的研究。这是当前在鲁迅研究界，乃至学术界一个很奇特的现象。现在是人们沉下心来面对鲁迅的时候。鲁迅已经从意识形态话语中隐退到民间。这样很好，也是本来的状态。理解鲁迅很重要。不要把鲁迅孤立起来解读，要放到一个特定的语境里。

荆：我想，这就像您在《鲁迅遗风录》中所写的那样，不同的人用不同的方式来继承鲁迅的遗产。

孙：《鲁迅遗风录》其实也是散文随笔，但是也可以作为学术论文看，算是二合一的尝试吧，现在看来青年人也会注意其间的问题。

荆：这本书新颖之处在于能够理清一个鲁迅传承的后续问题，用鲁迅弟子录的方式讲鲁迅精神的接续。

孙：鲁迅是有魅力的。能真正提供精神自由和反奴役意志资源的，也许只有鲁迅。在灵魂的深与思想的深上，鲁迅是一座高峰。但是这本书有几章还是有待完善的，比如谈胡风和聂绀弩的。有一些篇目则是沉淀多时写出来的。将来有时间我会重新再写一些。其实我还有一本书想编，就是关于当代作家的，和鲁迅有关系的以及和研究鲁迅有关系的，比如王瑶、李何林、林斤澜、钱理群、王得后，然后再到贾平凹、阎连科、刘庆邦、余华，这样排起来，为鲁迅精神追随者做一个谱系。这是一种另类的写法，既可以叫学术，也可以不是学术，可当散文来写，又当批评读的跨文体的文章。这样的写作对我来说也比较愉快和顺畅。不过要是用学院派的眼光来看，这样不够周密，材料引用应该更多和更扎实，事实上很多材料因为熟悉，所写作时都化用其中，没有特别提出来。

荆：期待您的这部著作。今天的访谈就到这里，感谢您分享了这么多的心得！

2016 年 4 月 20 日

辑三

（2012—2015 年）

画家的文章

　　陈师曾谈文人画时，说好的绘画要有文人气的，即对诗文有深的感受。在他看来，好的画家，如诗文的功底强，则画一定高明，这是自古以来的传统。但多年以后，此风甚微，几近灭绝。我后来偶读吴冠中、陈丹青的文章，忽觉得有些旧文人的气象，有回归旧时风气的味道。他们的身上，有的恰是陈师曾所喜爱的古风。而这样的人，现在实在是少的。

　　我觉得当代中年画家的文章最妙者，当是陈丹青。《纽约琐记》《多余的素材》《退步集》等书，都颇有余味，比流行的作家的文笔都好。关于他的画，因为是外行，不敢乱言。但他的文章却是清脱的，野性里有文雅的东西，那是文坛所没有的样式，一般文人的文章，没有类似的风骨久矣。

　　他写的东西涉猎范围很广，绘画、音乐、文学都有一些。文字有内涵，是安静的，含着历史厚度。那些片断，是只有画家才能写出来的，又有一点民国的遗风，就显得格外引人。他的文章，以感受性的文字起笔，背后有审美的哲学在。但那哲学，不是经院的，略有匪气和儒雅精神掺和，不是一本正经的铺陈，而句句切中要害，是很妙的谈吐。和当代文学里的套路，不在一个世界。

陈丹青曾插队多年，后来在美院读书，以西藏组画而名震画坛。他在美国漂泊过，所获甚多。在纽约时，遇见木心，曾随其读西方文学史，于是视野大开，词语的表达发生变化，风格渐渐回到民国，连绘画的理念也变了。因为在域外接触到新潮，遂知道国内艺术欠缺的东西，看事看人就一针见血，点到穴位；又因为对故国有思恋之情，便以民国为参照，复原消失的文明，就有了复古的梦想的出现。不过他的复古，乃回到"五四"，以鲁迅为参照，去写精神世界残酷的一页，精神的厚度渐出，文风一时被读者所爱。他关于鲁迅的几次演讲，成了一时的轰动之作。

他对民国文人的好感，与域外的经验有关。在西方，看见知识界的优雅的作品，他感到一种羞愧，而过去的中国未尝没有类似的艺术。比如鲁迅那代人的精神气象，与西洋一流艺术家比毫不逊色。鲁迅的驳杂和丰富，让他意识到知识界的使命是什么，而当下中国几乎将此都丧失掉了。基于此，他把目光投向民初的知识阶级，特别是鲁迅，其描述性的文字比那些专业鲁迅研究者丝毫不差。

鲁迅的美在什么地方，过去有人谈过。但不久就被专业学者的枯燥的谈吐遮蔽了。他们不再谈鲁迅审美中灵动的存在，而是一再讲内在的意义。陈丹青不是这样，他在文章里讲到鲁迅的好看与好玩，用的是另类思维，感觉中的色彩和线条，凸现出鲁夫子内在世界那个迷人的一隅。这种感觉，是对鲁迅艺术的一种唤取，把其动人的原因点缀出来了。有趣的是他的行文方式，完全没有近六十年流行的样子，文体受木心的影响，从容老到，在感性的谈吐里有幽思的跳跃，思想的力量撞击着破碎的精神之墙。我读他的文章，觉得是艺术家的鲜活体验的流露，从根本点跨过陈词滥调的世界，直逼人性的隐秘之所。其间有作者的渴望与焦虑，还藏着深深的情思，调子是优雅、明快的，但也能够感受到他的斗士的一面，决不屈服，以爱意的光照着灰暗的路，像是耶稣的门徒，走在暗夜而怀揣着期冀。那些学院派的高头讲章和他的文字比，真有点苍白无力。

陈丹青真的喜欢美的气质的人与事，但不是绵软的象牙塔的趣味，而是直面世界的冷思。他幽默而又咄咄逼人，完全是另一种姿态。这受到了鲁迅的暗示。但行文的风格有其老师木心的影子，在峻急之间有唯美的痕迹。他的老师还离泥土的世界有些距离，而自己直接站在旷野里面对苍生了。这和鲁迅的感情是重叠在一起的。他在鲁迅那里吸取的养分超过了木心是无疑的。但也由于木心，他知道了鲁迅那代人的价值。木心身上的一切，唤起了他对鲁迅那代人的神往，残存在木心身上的鲁迅遗风，有文坛的隐秘在。可是能解其玄奥者，已经不多。

木心晚年在美国颇为寂寞，陈丹青将其接回来，安排在乌镇，且推出其系列作品。他对老师的爱，是子与父式的，有孝道的因素在。这和他金刚怒目的一面殊异，是最为柔软的美。他曾用一年的精力整理木心的讲课笔记，出版后名之为《文学回忆录》。看得出来师生之间的关系。木心的作品是有唯美主义的因素的，他苦难的经历在文章里几乎没有痕迹，心是阔大的，有着人类之爱。那种近乎苛刻的审美眼光，乃精神的超越的舞蹈，其实是亵渎着世俗社会的一切。陈丹青的内心，保持了这个传统，他推介老师的作品，其实也希望的是播种绿色的种子，其痴情的一面，露出另一种风采。

在鲁迅与木心之间，有现代中国文学里痛感的存在，智慧的喷吐不都是悠然之心使然，那背后不能脱离的恰是民族的挣扎的经验。越是苦痛，越知道美的存在多么重要。聪明的文人，知道如何与那些不幸周旋，在周旋里拓出精神的绿地。生命如果说还有意义，大概就在这里吧。陈丹青知道这里的奥秘，他自己深染其间，在绘画与散文里又跳将出来，文风与前人不同，真的是自己的路了。

鲁迅与木心在思想上都没有体系。特别是木心，文章多是感觉的碎片，是俳句与箴言体的。这个表达乃东方固有的特质，与欧化的白话文是颇相反的。木心谈欧洲文学与中国古代哲学，用的是这样的思维，妙语迭出，感觉特别。这些思想的光点撕破了流行的词语逻辑，精神别有洞天。陈丹青的起点大概就在这里，他回答今天的文化难题，用的就是这样的方式。思维方式，也是人格的形态方式。我们在这里看到了创造的独特。恰如托尔斯泰所说，艺术不发现真理，而是创造真理。木心的创造的快慰，刺激了陈丹青的思考，他由此回溯历史，才知道自己这一代人遗失的东西太多。这些年他的所言所行，多有些不合时宜，画界和文坛的专家似乎与其多有隔膜，而民间却认可之。我由此想到，说他是流失岁月的守夜人，也许并不为过。

从画家到散文家，他是随性而为的，都不刻意。在诸多作品里，他召唤着"五四"的幽魂，笔触是学理与诗意重叠的，用的是谈天式的笔法。文字里冷峻的常见，温润的也多。他臧否人物，直截了当，而句子通脱飘逸，有余韵的缭绕。一些文字看似漫不经心，其实也有经营和组织，修辞的技巧是有苦心所在的。作者为文，不是拘泥在小情调里，而是直面后的追问，批判意识流动着。洒脱之间，毫无温暾，就那么打量世间的什物，毫不在意的样子，趣味却一点点出来了。

懂得美的人，如果通晓诗文与画家的内在的一致性，那文字也一定不错。陈师曾、齐白石、丰子恺、吴冠中无不如此。他们画也来得，诗文也漂亮，真真是诗画不隔的。对线条、文字的敏感，则不易被流行色所同化，捍卫艺术的纯洁精神，对他们来说是性命攸关的事情。陈丹青天性里有鲁迅、木心的遗风，那个中断的文人传统，在他那里是衔接起来的。民国文人的习气后来在文坛渐热，与他这类的文人的增多不无关系。

2012 年 12 月 19 日于慕尼黑

关于《私想鲁迅》

好多年前，我曾与一位洋人朋友说，鲁迅的影响，主要在民间。对方便问，有哪些资料可以看看呢？我举出一些文人的日记、书信为例。他反驳道，那也是精英文人的词语，似乎看不到民间的色调。原因很是简单，我所举的例子，文字还过于学人化。

这对我是一个刺激。这些年，我一直留意非学人化的思想表达，一批挣扎于苦境的青年关于鲁迅的文字，在只言片语间，都给我以快意，似乎可以支撑先前的看法。在有关鲁迅的网站上，都可以看到有趣的表述。这种趋势，现在慢慢扩大，正预示新的话语空间的形成。比如眼前的这本《私想鲁迅》，就让我眼睛一亮。这是一本特别的书，作者乃一名画家，调子是草根者流的样子，书的文字和图画带有野气。不同于以往的关于鲁迅的言说，这里没有学究腔，甚少作态，皆为心灵之语，且信马由缰，文章乃聊天体的一种。加之不凡的木刻插图，越发显得有魔性里的通灵之感。

我对刘春杰先生的情况一无所知，看他笔下的功夫，以及连带的情思，却觉得是久违的朋友。作者描述鲁迅，不是吃鲁迅饭者的一种刻意，乃心灵的需要。文与画相互照应，都是最原始的感觉，有虎虎的生气。也仿佛野地里的花草，散着真的香气。作者行文俏皮、灵动，刻刀锐利而略带温婉。那些文字和图像，都很得鲁老夫子的妙意，又带有自己的苦心，一个孤独的行走者和远去的灵魂的对话，就这样有趣地展开了。

因为是私人的暗暗的猜想与顿悟，就不太在意既定的概念，拒绝先验理念的暗示，所关心的话题也多边边角角，似乎不愿意有表述的体系。没有体系，才符合鲁迅的特质，散点透视里，精神往往暗合。大雾弥天之际，仍有丝丝亮意于斯，恰与鲁迅相互对照。但又不受其文本暗示，以虐待俗意为乐，遂多了苍凉之美。

书中对鲁迅的称谓很有意思，随和而亲切，并不是一种精神的仰视。像一个顽皮的孩子与一个老人对话，有时候不免越界，但都是趣味的流溢。想起学界对鲁迅的刻板的陈述，未尝不在疏离着研究对象，反不及此书这么有温度了。那些绘画都有深意，构图与线条是忤逆于传统的。不是颂圣一类的存在，而是从伪饰的世界回到混沌之中。灰蒙蒙的天地间也有突奔的热流在，是生命对存在的一种冥想。全书分三章：一、他还不是鲁迅；二、他已经是鲁迅了；三、他已经不是鲁迅了。其间写家事、人事、文事，都一反旧俗，有幽默的意味。这让我想起王朔与王小波，决不正襟危坐，以戏谑之笔，写己身之苦乐，剥掉鲁迅身上的尘土，对本事、逸闻、传说一一道来，令人想起茶馆里的谈天，乐趣与真心具在，凡思和玄想共舞。率真者不鄙，言论的对错又何关焉？

作者的木刻甚有功夫，对风俗的刻画，与赵延年不同，和李桦那代人亦多有别，有表现主义的痕迹。那些刻痕有麦绥莱勒、亚利克舍夫的影子，但又完全中国化了。底色从 20 世纪 30 年代"一八艺社"那里来，适度的夸张里有幽微的苦意，可说是情思万种。泛意识形态的影子在此消失了，所说、所画，都是没有被污染过的初始的感受，乃一种豆棚闲话的余音，与读者的距离是近的。我尤其喜欢他对人物表情的刻画，有时是幽默的闪耀，有时则清寂心境的流露。这不妨谓之"苦仿"，即从原来的资料出发，颠覆流行的解释，以苦涩的心，仿照对象世界，且加进不安于固定的东西。比如那幅朱安的像，是从照片里转化过来的，却多了原作没有的忧戚，与那感伤的目光相遇，不禁心里一动。《成功的推手》对珂勒惠支《牺牲》的仿照，加进鲁迅的侧影，苦味似乎比原作更浓了。作者对鲁迅肖像的处理，有点鲁老夫子在《故事新编》中塑造古人的样子，并非原态的移植，乃夸张、变形的表现，一反模式化的写真，几乎篇篇有奇思，不重复，有忧戚，带温情，表愤怒，含笑容。复杂性和逆说都有。反雅之雅，反美之美，反爱之爱，就那么奇妙地展示在其间。

林贤治过去写过一本书《人间鲁迅》，是一种底层体验的文本，乃边缘人的精神喷吐，至今让人感动。这一本《私想鲁迅》，多了林贤治没有的东西。谈吐简约，臧否人物毫不温暾，鲁迅何以被民间不断传播，都有所折射。中国的智者多在民间，他们述而不作，真意不被世间所明了。刘春杰以画笔写己身的生命感受，描述私人语境里的鲁迅，为"鲁迅学"所添的不仅是野性的思维，还有沉默的大多数的心史。我相信野性的力量大于华贵的诗情，这样的书，岂是几句赞美话可以解之？

2013 年 6 月 19 日

抵抗没有历史的历史

《小时代》放映的时候，我和妻子去电影院看过一次。走进影院，只有我们两位老人。很快传来轻微的滑稽之笑，青年人似乎在用异样的眼光看我们。那一刻，我也觉出了尴尬。过去的老话说，只有了解上一代人，才能明白自我。但这话在今天要反过来，以我自己的感觉，如果不了解下一代，也就不可能知晓我们自己。与《小时代》相逢，给了我诸多的刺激。

这是好玩的故事：时尚、华贵、神奇。但快意的漫游后，不再需要思考。较之那些沉重的写实之作，作品的精神含量是轻的。以前我很少关注80后的文学实践。阅读韩寒、郭敬明的作品，还是近来的事。对80后，很难以齐一的概念描之。后来又看到杨庆祥这些批评家的文字，觉得他和韩寒、郭敬明不在一个语境里。同一个时期成长的青年，其差异性显而易见。现在，80后已经是文坛的一个重要存在，我们这些老人有时候不知道，后起的青年正在改写我们的文学地图。

时间相差30年，一切都那么不同，这是我们过去所没有料到的。我自己经历过20世纪60年代的灾荒与"文革"，挣扎于

70年代，如果不是80年代的来临，真的不知生命该是什么样子。这个迟到的年月，使我们这代人的青春才有了一点意思。至今想起那个年月，有着特别的感受。80年代，是精神解放的年代。哲学方面有李泽厚的康德思想的延伸，这影响了人文科学的许多领域。审美方面，高尔泰、刘再复都是值得一提的有影响力的人物。小说家则出现了莫言、贾平凹诸人。没有那些思想者与作家的出现，就不会有后来的文学繁荣。在我看来，"五四"以后，能够给我们思想以刺激的年代，也恰是那个10年。

我常常想，今天的青年，受益于那个时代的精神辐射，他们比前辈更拥有思考的自主性。但事实上他们未必都这样看。2009年，我参加杨庆祥的博士论文答辩，涉及的就是80年代文学史的话题。他对80年代的描述，是带着质疑的目光的，看到了我们这代人复杂的、矛盾的一面。而且那些当年被我们视为不可错的存在，也被作为一种问题加以关照。这给我以兴奋，也有一些疑惑。但私下还是不得不证实这样一个事实：一段历史，就这样被新一代人所重新注解了。

在我的眼里，80年代许多知识人浮出水面，旨在从久远的沉默里走出，发出被压抑的声音。人们那时候是极力把目光从当下引向"五四"，在于去清除一个时代的阴影，注入新的思想血液。在许多人那里，绕过"文革"前17年与"文革"10年，才能够解释问题的真谛。巴金、冰心、北岛等人，无不如此。可是在80后批评家看来，80年代，其实有"文革"前17年的文学资源，只是没有被意识到罢了。杨庆祥在言及查建英的《八十年代访谈》的时候，看到了那是精英者与胜利者的叙述，而背后的本然被忽略了。他以为只有发现"文革"前 17 年和文革 10 年，才能够理解 80 年代。从 80 年代的文本与社会思潮里，看到了文学史的一个逻辑线条。而在他眼中，那个逻辑线条远比人们想象要复杂得多。

这确实是一个问题。杨庆祥和他这代许多批评家在撕碎一个被文人建构的神话。他从众多文本里发现了 80 年代文化发展过程的两面性。在程光炜的讨论课上，他的思想被调动起来，发现了诸多理论的盲区。他认为，去政治化的文人写作，其实带着一种新的政治，思想的启蒙又把象牙塔里的乌托邦世界重新唤出来。80 年代的一个重要理论现象是李泽厚、刘再复主体思想的建构，这个思想在当时的影响力是巨大的。但是在杨庆祥看来，这种主体的思想，因为是乌托邦的一种，后来竟在一个历史的转折里变为泡沫。作者在《主体论与新时期文学的建构》中说：

> 从"主体论"到"人文精神的讨论"，一个不争的事实是，我们关于"人"的言说越来越软弱无力，一个"新人"和"新的文学"图景也显得遥遥无期，从这个意义上讲，无论是"主体论"还是对他的批判都是一次不太彻底地与历史的"摩擦"和"互动"。

20世纪80年代的文学是在痛苦之后的一次梦醒。人们终于可以去大胆做梦。个人主义与人的重新发现，其实是回到"五四"的一个选择。但由于精英化的倾向的出现，我们的文学变得与现实有了隔膜。那代作家的文本同样留下了类似的问题。这些问题，恰是80后的批评家所不满的。杨庆祥在韩少功、残雪的文本里，看到了诸多的悖论。

韩少功作为80年代成长的作家，精神有着同代人相似的特点。但其思想与艺术的问题也伴随始终。寻根文学在文坛的影响力是较大的，同时带来了自身的问题。寻根本身没有进入文化的最根本的母题，反而把思路引向简单化的歧途。在韩少功那里，没有完成的寻根只能再次寻找，可是依然进入乌托邦的世界。当韩少功隐居到山里写出《山南水北》的时候，杨庆祥却发现了其间的悖谬：

> 我们会发现一个有趣的现象，与韩少功相似，包括李锐、李陀、张承志、北岛等人都有这种情况发生，即，从最初的对"现代化"和"现代派"的热情肯定到对其产生怀疑和犹豫，比如李陀1999年开始反思"纯文学"的说法，尔后又对"工农兵文学"的历史合理性进行了肯定，而北岛，居然对自己当年写出的《回答》深表不满，韩少功的隐居不过是其中比较极端的例子。

　　这是对父辈文化逻辑的一次颠覆。他的批评里的杀父情结在此清晰可辨。批评是认知的过程，也是发现问题的过程。80年代成长的作家在自己的信誓旦旦里，不自觉流露的文化惰性与梦想，都被杨庆祥神速地捕捉到自己的笔下。从文学史的叙述与作家文本的叙述里，自然有残缺的躯体。文学不是乌托邦之梦的圆满描述，而是遗憾的舞蹈。作家在前行的时候，把不规则的脚印留给了历史。我们看那些旧迹才会发现，写作也是多么有限的存在。

　　正是发现了有限性，就不得不警惕那些自信者的理论的漏洞。近60年的文学史经验提示他，每个时代的作家都存有精神的盲区。而那盲区的出现，可能与放大自己的价值观而忽略社会的复杂性有关。80年代精英文学渐渐失去效应的原因，恰是作家们迈入象牙塔，在个人主义之中思考问题。这是必要的选择，可是这些个人主义的声音只是社会文化的搔痒，和精神的内部的鲁迅式主题颇有距离。

　　在对残雪的文本的读解里，他从作家勾勒的意境里，发现了难题。那些看似美丽的小景，竟也有作者最无力的吟哦。杨庆祥发现，残雪的作品的人物常常是不会说话的影子，也缺乏行动的能力。文学的写作如果只在心造的幻影里，而不能贴近社会本然的存在，可能会有些问题。残雪的怪异的写作其实是在与主流意识形态保持距离，以此对抗外在力量对自己的异化。但杨庆祥以为这是无力的挑战，因为那结果是把自己与一个时代对话的途径搞窄了：

> 小屋中的人似乎也就是这样一个醉心于黑暗中的影子，
> 这个影子无所依附，完全是个无根之物，它能够像鲁迅
> "铁屋子里的人"那样跳起来呐喊吗？至少在残雪这篇作品
> 里面难以看到这种可能性，那么，这样的影子，大概也就
> 只能被叙述所湮灭了。

笔触很是有力，令我想起瞿秋白在讨论"五四"个人主义
的文学时的论述。这样的论述，是左翼资源在文本中的反映。这
个资源使他对小资产阶级的写作抱有警惕。因为那样的作品对现
实的无力感是显而易见的。不过我自己的认识与其略微相左。残
雪的价值在于从虚幻的整体回到鲜活的个人，在个人缺失的时
代，她的孤独甚至带有虚妄的反抗，自然有审美的独创性。面对
这样的文本，以社会学的和整体性的思想衡量之，大概存在偏
差。因为残雪要颠覆的，恰是整体的社会感受，寻找的是个人。
从 50 年代到 70 年代，中国文坛缺少的恰是这个元素。当历史没
有个人的位置的时候，那是没有温度的历史。看到残雪写作的深
层的隐喻，也许会感受到其"轻"中之"重"。

80 年代对历史的反思，使文学进入了个人主义，但不能不
注意的事实是，那结果却导致历史意识的弱化，人们不是在抵抗
自己的惰性中寻找自我，而是进入自设的乌托邦。杨庆祥批评观

的闪光点，恰在此处。沿着80年代的线索，他追及90年代以至今天的文学，发现了诸多80年代思想的后遗症。在流行的作品里，"生活被高度传奇化和符号化"了，这导致了对当下生活的隔膜。他在《重返小说写作的"历史现场"》里，意识到长篇小说虽然越来越多，而审美的痼疾也随之产生。这痼疾是对当下的回避。回避的结果，是出现了"自欺欺人式的当代生活"。杨庆祥的文章，使我想起茅盾在20世纪20年代所写的《评四五六月的创作》，我们对比两篇文章，遇到了相近的体验。茅盾对当时浅薄的小说的批评一语中的。他发现那时候的作家把自己圈在一个圈子里，很少民间的体验。而能够捕捉到问题的作家，似乎只有鲁迅。茅盾认为只有忠实于现实生活的人，才可能进入审美的亮点里。现在，杨庆祥遇到了"五四"那代批评家同样的话题。这种巧合也许并未被我们年轻的批评家意识到，但历史的相近性，也恰恰证明了我们文化中的宿命。

我尤其注意到他对韩寒的批评。在这位流行而走红的作家那里，看到了同代人的诸多难题。这些看似合理的存在，在杨庆祥眼里却是一种分裂的想象。以真理、正义为旗帜的人，与资本存在着合谋。在所谓伟岸的词语后，利己主义的情感未尝没有。他要颠覆的，也包括韩寒带来的所谓神话。

韩寒与杨庆祥是同代人，其文章在社会有相当的影响。他的作品在许多方面引起了同代人的共鸣，有着广泛的冲击力。如何看待自己的同代人，对那个年龄段的青年是一个挑战。当韩寒在神话里被推崇的时候，我们听到了杨庆祥的声音。他一方面意识到抵抗的价值，另一方面意识到一个假面的舞会正在上演。当社会的不满与寻梦的渴望被阻的时候，媒体希望与一个能够代表百姓情绪的作家出台。韩寒的文字发泄了对社会的不满，有很强的批评性。但那是沉默的大多数没有发出的声音，媒体在自己的利益前提下，考虑到轰动效应，选择了韩寒。杨庆祥说：

> 在我看来，如果说"韩寒"的抵抗是成立的，这种抵抗仅仅是在一个非常简单的层面上成立，那就是利用媒体的作用，借用舆论的印象，来满足一种即时性的发泄欲望。这些东西，无法对道德和人性的重构起到有效的作用，也难以推动社会和文化的进步。从这个意义上说，"韩寒"的这种抵抗是非常消极的，从表面上看他是在反对体制和不公，实际上他只是在和体制"调情"，在"不能说"和"能说"之间找到了一条非常安全道路，我以为这是"韩寒"最不真诚的地方。

如此的表达，显示了批评家的真。他以为80后作家所面临的主要问题是，流于"表面的抵抗和自恋的假想"。解决这个问题的办法是，"回到社会中来"，在巨大的社会生活里思考个体的价值。这里不仅仅是自我的问题，还有"他人的自我"的问题。而后者恰是80年代以来作家所没有处理好的难题。80后的作家与批评家，遇到了一个虚夸的表达空间。他们以不同的方式，选择了自己的抵抗。韩寒与杨庆祥都有叛逆情结，但一个是逍遥的独行者，一个则是怀疑主义者。韩寒借着明星与资本的力量指点江山，杨庆祥对资本下的不公甚为痛恨。他们以个性主义的方式在把握世界，也同时把自己与世界分割开来。

一个事实是，杨庆祥们承受着 80 年代以来带来的诸种后遗症。80 年代建立起来和没有生长起来的文化，在新一代那里成了重负。印象深的是在奥运会时，杨庆祥对精神幻象的描绘。那段文字看出了其心怀天地的忧郁，其孤独的自白里升腾的是一种悲悯。形成于 80 年代的宏大叙述，在奥运会开幕式结成果实。这种解放的狂欢最后变为外于人的幻影，可是这些存在又与普通人无关，个体生命与那个宏大叙述相脱节。从 80 年代开始设计的解放的蓝图，后来却成了远离生命体温的存在，与普通人的生命距离遥远，历史被抽空了。杨庆祥遇到了一种华丽场景的陌生之途。他觉得自己不属于这些，那些外在的叙述，无法安放自己的灵魂。

接下来他要面临的问题是，外在的社会力量无情地裹挟着我们的时候，如何保持自己的独立性与社会情怀？如何进入生活并改变生活？这是 80 年代以来就存在的问题。人们正在被一种异己的力量推动着，主体在哪里？民众在哪里？生命的路在哪里？80 后的青年该如何面对自己的未来？这在他是一种焦虑。他在颠覆旧的神话之后，面临的恰是如何建构自己的任务。

那篇在《今天》上发表的《80后，怎么办？》一文，集中表现了他的忧虑。80后的青年的精神困顿聚焦在这里。杨庆祥意识到自己处于一个假象的时代，外在的叙述与现实是脱节的。他认为80后的主要问题是历史的虚无主义，他们在自己的思想里抽掉了历史：

> 历史的虚无主义对于80后来说并非意味着没有历史，实际上，正如我在上文中已经分析过的，和所有时代的人一样，历史总是存在的。80后也轻易就能找到自我历史发展的关节点，并与宏大的叙事关联起来。历史虚无主义指的是，在80后这里，历史之"重"被刻意"轻"化了，对于中国这样一个有着沉重历史负担的国度而言，每一代人（尤其是年轻人）都有历史虚无主义的冲动，但是，也许只有在80后的这一代年轻人这里，我们才能看到历史虚无主义居然可以如此矫饰、华丽地上演，如此地没有痛苦感。

这脱节的现象的确是普遍的存在。从许多80后作家的文本里，我们都看到了"轻"化的倾向。杨庆祥发现问题的严重性，因为他们绕过了历史与现实的本质一环，精神便变得脆弱了。我自己觉得，就判断力来说，新一代自然有比老一代聪明的地方。这既是环境使然，也是教育的结果。只是因为教育对历史的回避，把问题意识蒸发掉了。前代人把现代化当成使命的时候，却遗憾地遗漏了为何现代化的原因。前一代人苦苦摸索改革,有历史的必然,简单化对待这种必然是有问题的。杨庆祥羡慕前一代人有自己的主体意识,但他不知道那个主体意识下有多少苦难与之伴随。其实80年代的作家,并非都与现实接轨的。他们也有弱化现实的现象,并且以虚幻的意识缔造自己的文学。这种断裂始之于80年代末,一代人与现实的断裂就这样延续到今天。我们细想一下,把现实感从文章里抽出,50年代就开始了。那时候的文学只叙述了一种色调的存在,呈现的是不真实的历史。到了80年代,人们要改变这种虚假的书写。但这种努力未能得以持续。80后的青年对历史的拒绝,有双重原因,一是60年间的惯性使然,一是对旧的历史叙述方式的厌恶。就后者而言,他们的书写与历史的脱节其实是无法表达的。我从那些文本里,也看到了一代人对虚幻历史观念的抵抗。

如果这种抵抗是从现实出发,那是好的。但以虚幻的爱欲来营造自己的世界,的确存在杨庆祥所说的问题。所以,与其说要清理80后的问题,不如清算50后的遗产。杨庆祥在同代人那里看到的问题,恰是80年代研究的参照使然。在这个意义上说,对80年代及之前的文学,我们反省得还远远不够。那个时代最珍贵的遗存我们保持的甚少,却把那些不成熟的、拙劣的存在延续下来了。由于我们这代人多数在泯灭历史,逃离苦难,且把逃离沉重作为审美的追求,这造成了新一代人对社会认识的简化。后来的青年就是在这样的环境下成长起来的。

当下许多娱乐文学里充满了对物欲与缥缈的爱意的追求，在那里没有过去，没有社会底层的痉挛，只是权贵社会的光彩与布尔乔亚的呢喃。这不是他们的父辈在 80 年代奠定的审美路标？80 年代给了人们解放的狂欢，但那狂欢的结果，却造就了没有历史的文化泡沫。杨庆祥说那是浅薄的人道主义，也并不是没有道理。

但是 80 后并非人们想象的那么简单。我个人的印象，他们中有亮点的不乏其人。在与历史脱节的时候，可能会在一种切断历史的话语里进入真的文化思考里。比如，木心出现的时候，批评界对此反应冷淡，但欣赏其文字的多是 80 后青年。王小波的读者，也是 80 后为多。他们能够接受那种纯粹的文本，至少没有受到 60 年间文学理念的暗示。在云南与贵州，许多 80 后的青年在乡村进行民主的试验。而像郎朗这样的艺术家，其世界视野里的爱意，是覆盖到许多领域的。80 后的存在也复杂得很，大概不能以齐一的理念为之。

像郭敬明的作品，在私人语境里是有效的，但在公共话语场域可能存在问题。这是 80 后作家的价值与短板。《小时代》固然存在自恋的倾向，但温情还是历历在目的。韩寒的作品一度是 80 年代青年的象征性符号。他的敏锐和果决，以及潇洒的个性，都给当下的读者以快慰。他和郭敬明都享受着市场带来的荣誉，迎合消费者的心理，与旧一代的伪道学作对，都是他们可爱的地方。这是 80 年代文化一种延伸的结果。他们在自己的空间建筑了一座属于自己的精神楼阁。不妨说，个性化的特点，在他们那里是生长出来的。

这些青年显示了 80 年代遗产的多面性。所有的问题都在他们那里折射出来。但如果认为他们的问题只是全球化力量使然，大概是不确的。就像不能够把"文革"的灾难归结于"五四"一样。历史以善良的意志开始，但却不能都收获善良。辛亥革命与"五四"新文化运动均如此。所以，当杨庆祥追问 80 后怎么办的时候，我觉得，还不能回避的是，历史为什么建立在一个渴望现代化的起点的问题。中国的问题不是改革错了，而是改革得不彻底。历史告诉我们，人类的合理生活的建立，要有代价。但不能因为有代价，就放弃了我们的追求。问题是怎么避免更多的代价。这一点，批评家的敏锐性与包容性都不可或缺。

80 后的青年其实面临两种遗产的负面值的纠葛。一是全球化的资本的力量对人的异化的问题，这已经被我们的批评家发现了。但还有一个负面值，那就是左翼文化的极端性给社会历史带来的暗影。我们的社会，是在极"左"的逆境中拨乱反正，进入现代化之途的。之所以选择今天的路，是因为过往的历史走进了绝路。今天的一些青年有一个幻觉，以为"文革"前 17 年与"文革"就存在一个人道的历史。那是更大的幻象。只注意一个负面值而没有意识到两个负面值，80 后也许不能找到属于他们自己的表达式。

这两个负面值都在摧毁个性的生成，摧毁思想者的独思。杨庆祥的感受是从独思开始的，他外在于宏大的话语体系。其批评文字所以被人关注，乃在于他与其他的 80 后的不同。但是，当他的文章流露出群体的概念里的倾向时，自觉不自觉回到了同一性的思维里，渴望一代人的一致性。这是一种矛盾。我自己一直没有解决好这个矛盾，至今也困惑于此。杨庆祥在深切地触摸到痛点的时候，有唤回左翼思维的冲动。他的《80后，怎么办？》的动人之处与存在的疑点，也恰在此处。

在左翼传统里，有普列汉诺夫式的，也有列宁式的。有鲁迅式的，也有周扬式的。杨庆祥是警惕极"左"思潮的，文化的问题不能在左翼单一生态下解决。青年的路，不该都在一个既定的框架里。80后的批评家的劳作，同样应当如此。重要的不是齐一性的归类，而是寻找差异性中思想的增长点。80后已经有了这样的可能。小资产阶级的情调泛滥是不好的，但比封建的奴才意识至少是一个进步。只是在面对小资产阶级的时候，要意识到其存在进化链条的一环，它也是阻挡封建逆流的存在体。在指出他们的暗区之外，还要看到他们对文化生态的积累的积极意义。在这个意义上说，80后的问题是成长的问题，他们的曲与直，现在概括起来似乎为时过早。

我们这些在80年代对真理渴求的人，在批评的世界回避了许多问题。其中主要用的是以齐一性思维判断问题，而没有考虑文化差异的存在，结果出现了以含混的概念覆盖鲜活的个体的叙述逻辑，这是帝国文化的逻辑。80后的批评家能够超出这个限定来思考问题么？如果他们还沿着"左"与右的脉络去对立地思考问题，那么他们还在旧的历史里。如果不在那样的语境里，文化的生态才可能变化。问题是，我们今天的文化生态是健全的么？新一代的批评家与作家是否寻找到了超越前人的资源？这倒是杨庆祥们要警觉的所在。

批评家的任务不仅仅是解释什么，也有戳穿事实的使命。杨庆祥的写作恰是这样的。我喜欢他的率真与磊落，也关注在批评中的那种洒脱的精神。我们今天的许多文化理念与文学作品的标识，都被一种合理的词语所包装。正人君子、社会贤达、思想者，都堂而皇之走在流行色的大道上。这个时候，尖锐的批评显得异常重要。现在，我们讨论80后的文学问题，让我想起过往的历史。"五四"后的中国文坛，讨论过类似的问题。茅盾、冯雪峰都涉猎到小资产阶级的内在矛盾性。杨庆祥在论述这些问题时，表达了相似的激情：

> 历史依然暧昧、含糊、混沌不分。腐败的语言和千篇一律的生活还在不停地重复。自觉的意识和结实的主体如何才能在这一片历史的废墟里面生长起来？

> 我想强调的一点是，无论是任何代际，任何地区，逃离社会历史都只能是一种自欺欺人。个体的失败感、历史虚无主义和装腔作势的表演都不能成为逃离的借口或者工具。从小资产阶级的白日梦中醒来，超越一己的失败感，重新回到历史的现场，不仅仅是讲述和写作，同时也把讲述和写作转化为一种现实的社会实践，唯其如此，80后才有可能厘清自己的阶级，矫正自己的历史位置，在无路之处找出一条路来。

这是很真诚的自白，是"走出彼得堡"的另一种历史的回音。这个追问试图把断裂的历史衔接起来。杨庆祥注意到了鲁迅的资源，提出在"无路之处找出路来"，是一种"五四"知识分子情怀的再现。"五四"之后，知识阶层呼吁到民间去，与社会互动起来，都是动人的一幕。但后来的路丧失了人的个性，个人的创造性消失了。所以，我个人觉得，在提出回到社会的时候，个性主义的保持对每个人而言，都是不能不珍视的存在。

80后应该怎么办，不仅仅是他们这一代的问题，也是我们这一代乃至全社会的问题，或者说是我们的文化逻辑起点的问题。在这个追问里，既要警惕全球化时代的负面值，又要提防革命时代的负面值，80年代后出现的脆弱的个人主义精神链条，是要保护的。80后许多青年已拥有了这样的传统。只是这个传统面临歧路的危险。在个人消失的时候，抵抗流行色显得异常重要，但在个人主义成了浅薄的利己与自恋的时候，关注"他人的自我"也应成为一个重要的提示。我们今天谈80后的问题，不能不上溯历史，近者乃80年代，远者则绕不过1949。只有在这个框架下，才能看清青年人何以如此的原因。80后的问题不是一代人的问题，而是几代人的问题。这时，也只有这时，我们才会发现，解放的路，还十分遥远，我们没有历史的历史，已经很久了。

2013年11月21日

黄裳先生

　　黄裳先生去世后，看到许多怀念文章，一个感觉是，读者对他的敬佩之深，是他在生前也未必意料到的。黄先生一生只写小品，没有巨著，但在文体上自成一格，为许多作家所弗及。他这样的报人，在现在的新闻界，几乎看不到了。

　　注意到黄裳的文章很久了，我读他的文章，就感到一股真气，老到、沉稳，散着清淡的书香。他从二十几岁开始发表文章，一直保持了高的水准，直到 90 岁高龄，文字依然楚楚动人，厚重里不乏诗意，那些关于文史的小品，是延续了周氏兄弟的气韵的。

　　他很早就做了记者，去过印度，有过一些译作。记者生涯也颇有可圈可点的记忆。采访过梅兰芳、知堂，那些笔记在文坛成了精品。在文章的风格上，模仿了知堂，题材与情调几乎都在一个韵律里。但生性又喜欢鲁迅那样的峻急，常与人争辩，左翼的传统清晰可见。所以，在他那里，士大夫的学问，"五四"的热情，现代报人的趣味都有，是个难得的杂家。笔墨就在几个领域流动，文字所含的幽隐之调，慢慢是可以品味出来的。

唐弢当年给他的书写序，说其喜欢谈谈掌故，欣赏文史，文章颇有品格，那原也不错。就学问说，他比一般人驳杂，戏剧、文学、历史、哲学都有所涉猎。不过最给人惊喜的，是他谈版本目录的文章，对明清刻本的喜爱、研究，非一般人可及。他觉得中国文化里，诸多学科的存在都有审美的价值。所以一生往来于许多学科之间，以诗情之笔，去写那些文化的碎片，吉光片羽间，美的灵思款款而来，把"五四"后的小品文的传统延续了下来。

我有一本他给我寄来的签名本，是谈明清版本的书，历数往事，在各类书籍中找到历史的旧迹，讲述背后的故事，每每有灵光闪来，会心的笑意是有的。他讲明代文人，批评的时候居多，不是附会那些人的文本，这笔致大约受到了鲁迅的影响。因为他知道，在专制社会，文人者也，有天然的痼疾，不指出它们来是不行的。所以那些关于钱牧斋、陈子龙的文章，好像也在说今天的事，古今的梦未曾中断，便也是一个证明。至于涉及晚清文人的逸闻轶事，也多史家之叹，但表达的方式上却是诗的，像文人的咏史小品，含蓄着沧桑。这样的文章，不是人人得来，钱钟书致信说，带有知堂的笔法，应当说是对的。

他接触的学者和作家很多，喜欢收藏他们的墨宝。废名、俞平伯、朱自清、闻一多的信札均有，每一幅字都很珍贵。那些信札，多是他求来的。因为是记者出身，自然知道记录他人形迹的重要。他把玩它们，觉得有生命的温度在，由字及人，再及历史与文化，那是一种文化的放大，乐于其中，有自审的快慰。我们读他介绍墨宝的文章，能够感到别人所没有的发现。

黄裳也写游记，但那所记所思，则非一般作家的观感，乃学者的阅史阅人之乐。在风情与遗迹间，能找到的是一种思想与诗情的存在，且在打量中糅进一种现代人的心境，古今之变中的沧桑感像浸了油的宣纸，慢慢变色，多了几些异样的色泽。这些文字，有他的历史观和审美寄托，在他看来，如此书写，是升华生命感受的过程，文章的趣味与境界，也就飘然而出了。

让我意外的是，这样的人一般应沉潜在古董里，不谙世故才对，但他似乎不是这样。在晚年，他喜欢与人论战，写了许多锐利的文章。与柯灵、张中行都有过辩论，有些观点很偏激，舍我其谁的口气浓浓。这些，都是受到左翼文化影响之故，显得激进甚或不近情理。可是，其间也有论辩的智慧在，那些辞章非书斋里可以写出，六朝与"五四"对他的影响，是可以看出来的。

恰是这一特点，他身上的士大夫气就非传统的调子了，有了现代的意味。在上海，他大概是最会写文章的人，也是偶存争议的人。小品散文能够浸在士大夫气里又脱离士大夫气，乃因为有现实的情怀和批评家的修养。因为所读之书颇多，阅人无数，又出进文坛内外，故能体贴历史语境，又可远远瞭望之，保持一种批判的态度。那文字就脱离了老朽气，焕然有清新之感。在文字日益粗鄙的时代，散文的学理与智慧，加之东方人的诗意，殊为难得。黄裳的笔墨，真的成了"五四"小品文的当代遗响。

我们说当代的文人多不懂文章的章法，那是与古风隔膜所致。黄裳对生活的认识，是从古今的对比中进行的。今天的一切，历史的旧迹里也有，那么看古人，其实也是解析今人，在历史的河流里看潮起潮落，自是一番快慰。他的历史观的基调，从"五四"那里来，加上一点左翼的传统。不像曹聚仁那样想超越左右翼的思想，做历史的看客。黄裳的价值观是明显的，虽然审美上是古典的余音，看人看事，不免道德的话语，有时甚或不近情理。可是我们不觉得是一种矫情，那是骨子里的本色，青年人要模仿他，是不易像的。

像唐弢、阿英、郑振铎这样的人，也写一手好的书话，但总体的成就，不如黄裳大。这原因有多种，一是懂得版本、目录之学，且持之以恒。二是一直在读社会这本大书，没有脱离当下的语境。黄裳的现实感，吹走了文章里的暮气，新鲜的空气是流动的。我们看俞平伯、沈启无的文章，则觉得是在象牙塔里的摆设，真的像个小物件。而黄裳的作品却既有匕首的威力，又带古埙般的神韵，与生活息息相关的。比如他谈戏的文章，是有舞台的感觉和新闻的视角的，而落脚点却在学术的脉络里。讲明朝的文人，情感在民国的经验，对气节、道德操守就看得很重。这样的文章，介于记者与学者之间，采其优长而得之，又避开各自的短处。活文章与死文章，用他的遗著一衡量就看出来了。

60年来，中国文人的职业分割越来越细，彼此渐生隔膜，互不通气。文章呢，也越发单调。记者写的文字是一种八股，学者的文字也是八股，而作家仅仅会讲一点故事，文气则远矣尽矣。汪曾祺、孙犁都批评过这个现状，而作家中能如贾平凹那样通透、博雅、朴实者，寥寥无几。我有时翻阅黄裳这样的人写下的文章，就觉得温润里的暖意，便觉得汉语的魅力。虽然并不都赞佩他的观点，但那潇洒的文字，则足以抵挡我们日益粗糙的生活，觉得表达的快意，我们能做到的还是太少了。

1997 年，我帮助姜德明编辑一套书话丛书，内有黄裳的一本。书要出版前，出版社要求在书的背面写一段评语，我不揣冒昧写下了一段感慨的话。书出版以后，与黄裳先生通过许多次信，他从未提过我写的那段吹捧的话。也许是不屑一谈，也许是回避。我知道，他对我评价他的观点，并不都赞同，可能还有一些分歧。但我对他的敬佩一直保持至今。有时写文章前，翻翻他的书，借来一点仙气，真的是一种快意。对他的感激之情，永存在心。

2014 年 3 月 2 日

魂兮归来

江南的谣俗向有古意，那形态有时是历史的另一种注释，想起来很有意思。祭神迎会、龙舟比赛，延续了岁时背后古老的遗存。我们看明清之际士大夫关于乡土、鬼神的记叙，当明白遗风里的哲学。旧式文人谈及谣俗，自娱的地方颇多，《陶庵梦忆》《越谚》已看出诸多趣味，人间的苦楚未尝没有弱化。不过那文字里有古人精神的基因在，让我们懂得了自己与时光里的思想的关联。今人的许多观念，是从那里演化而来的。

端午节到来之际，读到余光中的《招魂》，唤回诸多关于屈原的记忆，谣俗的美也联翩而至。此诗乃歌谣的变体，阅之心神一动，古风摇曳中，流出漫漫情思。我们的诗人借着古老的传说，写出深深的期许和爱意。这里，个人消失了，多的是流动的时空里的一次次被重复的乡曲之梦。远去的图景，在这个独白里被再次激活。

余光中对屈原的喜爱是持久的，他在散文和诗歌里多次写到这位楚大夫，且俯首三致意焉。这个失败的英雄，牵连着故土的善恶之辨、美丑之别、忠邪之解。多年前，作者所作《淡水河边吊屈原》，就感叹"青史上你留下一片洁白"，其实呼应着"人又怎能以身之察察，受物之汶汶"的遗训。在污浊之世保持精神的纯洁，催促出精致的文字，隐隐地也可以读出诗人书写此作的本意。

《招魂》这首诗，延续了旧有的意象，但更为古雅、深沉，节奏里是屈赋式的余韵，词语间多民谣的节奏，幽思缕缕，九曲十折，时空是广而深的。这里不仅有遥祭之态，亦带苦思之意。肃穆和热忱，庄重和简朴，沉郁与浪漫都交汇于此，回环往复之间，其情也真真，其意亦切切，旧式士大夫的味道在此被一种现代式的幽思代替了。

当"仲夏渺茫的江湖"响起龙舟的桨声时，那已经跨越了古今，成了慎终追远的自我洗礼。马一浮生前认为，中国文化的定力乃民众内心有一个长恒的存在，那善良的一隅使我们不会轻易滑落到灰暗之中。民间祭祀屈原的礼俗，其实强化了对那个长恒的存在的记忆。龙船、长桨、菖蒲、令旗，写满后人的真情，在喧嚷里抖落了时光里的尘埃，我们看到了一个民族灵魂的本色。

端午祭祀有很强的仪式感，可叹的是历史的原态日见模糊。而我们的诗人念斯忆斯，其间不乏忧虑。"众人皆昏唯独你清醒"，便把这图腾式的礼赞现实化了。余光中在诗歌里一再唤回历史的痛感，未尝没有经历的折射。他喜谈悲剧意味的诗人，比如解析杜甫等人时，便于忧患里读出楚辞的遗韵。《湘逝——杜甫殁前舟中独白》写出暮年与孤舟、泽国与荒洲凄迷的意象。仿佛行吟于楚泽的屈子再现，每每有一唱三叹之态。屈原意象其实已经内化在他对历史读解的过程里，作为参照，文学里的人生，在他那里也成了人生里的文学。

余光中喜欢谈史，诗文里绕不过去的恰是那摆脱不了的故国情结。与古人贯通，词语便不再是象牙塔里的游戏，有了精神的维度。他跨出学院派的藩篱，多年间在古老的大地寻觅那些散落的闪光。青海、黄河、湘江、长江，那些印满爱恨的所在，有他的精神之源。故所爱非己身之爱，所恨非一己之恨，涌动的忧患里，是无边的土地与无穷的人们。

我印象里，余光中的诗文一直有一种挥不去的乡愁和微末的苦楚。他的性情有忧郁的东西，也有济世的抱负。有时候，其作品很是缠绵，有时候则多了一种土地的野味。他其实更看重那些弥散着生命之力的原始的意象，冲荡、浑厚而不失灵动的表达，乃自己的心仪之所。从屈原那里，对照了一个民族的心史，或许不都是政治文化的元素，乃信仰里的明暗之辨。《离骚》的绚烂之色与悲楚之音，缭绕在自己的世界。神秘而不混沌，怅惘而非绝望，追索而无盲从。这诗带着明晰的觉态，于天地间刻下了旧梦。

屈原的魅力是多重的。他的生命之美与词语之美，如此精妙地缠绕着。余光中曾把《离骚》与荷马、但丁的诗文相比，不是夸大之词。当精神从世俗里脱离，进入纯然之所的时候，要抵御的恰是无边的黑暗。屈原动人之处是，以自己的死亡而表达价值的神圣。"宁赴常流，而葬乎江鱼腹中耳，又安能以皓皓之白而蒙世之温蠖乎！"《史记·屈原贾生列传》此语天地为之一动，在没有路的地方，开启了正义者的精神之途。就精神的厚度而言，《离骚》确可以与世界的经典文学一比高下。

过去读余光中的诗，记住了《乡愁》《乡愁四韵》，那是己身的感受，时空是在确定性里的，多的是凝视里的感伤。而《招魂》则有超时空的表达，是向苍茫的世界发声，重申的是固有的信念。一个民族，重复的母题有多少，希望就有多少。屈原之于我们，是不竭的精神源泉。魂兮归来，我们这些后人面对先贤，庶几不再孤独。

2014 年 5 月 20 日

看到的和没有看到的

　　纳博科夫在中国读者那里有很好的人缘。他的小说善于制造迷宫，精神在多维的空间里盘旋，每每有惊异之思飘来。我读其作品，惊讶之余，曾对其身世发生过兴趣，但资料的来源还很是有限，终不得其解。看他的书，感叹于思想的幽深和形式的别致，笔触里有我们灵魂里没有的所在，作为生活的叛徒，他触及了上帝的神经。

　　许多人在其文本前有破译的冲动。连他的儿子在介绍《魔法师》时，对那些古怪的遗存有着不可思议的拷问，结论是：常人思维难以为之，须从隐喻里得其妙意。但不熟悉他的知识结构与生存境遇的人，难以做好这一工作。近日读刘禾教授的《六个字母的解法》，写纳博科夫笔下的文字游戏，颇多感慨。不仅仅牵连出二战前后的知识分子左转的历史，也对右翼文人的话语空间进行了一次探秘。许多陌生的词语，在重新注解着远去的历史。关于纳博科夫的精神，终于有了另一种描述。

　　6年前，我去纽约参加鲁迅的研讨会，与刘禾教授聊天的时候，发现一个问题，同样是喜欢鲁迅，我们的差异明显。原因是对资本主义及左翼思潮的判断的出发点有别。读到她的作品《六个字母的解法》，才知道远在纽约的刘禾何以对西方左派的文化的敏感。这是另一种语境里的沉思，有中国大陆没有的经验。这本书看似对纳博科夫文本之谜的读解，但却是回答20世纪西方读书人左转的许多疑问。

我对于纳博科夫知之甚少。只读过他几本汉译的小说。印象里他的思想刀子般锐利，词语旋风一样滚动着忧虑和热情。他不仅是故土精神的叛徒，也是西方知识分子的嘲笑者。而且其作品隐晦的辞章，常常让我们不知所踪。俄罗斯与法国、德国、美国的文学元素在文字里跳来跳去，没有祖国的人的哲思，以左、右思想解之，终不得要领。而他在西方世界引起的争议，可能是文本打破了以往读者的阅读习惯。

这本书围绕纳博科夫，写了许多远离祖国的知识分子的选择。逃离革命、赞美革命、以及隔膜于故土和西方的知识人演奏了一曲合唱。我们从林林总总的文人那里，读出精神之痛。当俄国革命成功之后，纳博科夫选择了逃离，而他的远走高飞，带来的是文化断裂的疼痛。刘禾以北岛的经历印证了那疼痛的相近性。西方并非人们所想象的那么简单，纳博科夫与北岛都遇到了一个旧语境所无法解析的存在。从纳博科夫的经历里，我们读出西方文化里的悖论。寻找自由的出走者，面对着新的困顿。这也就是为什么在二三十年代的剑桥大学拥有如此之多的左派的原因。而反对激进的文人，不得不以另一种批判的眼光重新定位自

己的生活。剑桥大学在徐志摩的笔下仿佛世外桃源，他的诗句的
背后却是隔膜者的幻觉，剑桥的思想交锋被遗漏了。这里有两件
事情让我惊讶。一是许多科学家是左派人士，他们支持新俄的选
择，热情超出我们的想象。而另一位我一直关注的作家奥威尔，
原来在激烈交锋的文坛出卖过许多朋友。《六个字母的解法》介
绍了其中的细节，阅读它，给了我许多的惊异，那惊异之后，困
惑也接踵而来。

　　刘禾的作品所关心的人与事是被许多词语所遮蔽的。右派
如何变为左派，左派又如何右转，都是一个个传奇般的存在。
《六个字母的解法》不仅仅有欧美知识分子的行踪，也牵连了许
多中国读书人。我注意到她对萧乾与奥威尔的描写，其实也有自
我的拷问。战争期间，英国对媒体的管制是隐形的，印度独立前
的英国传媒，对自己的殖民地的态度在媒体里有特别的表现，并
非我们想象的那么简单，帝国的自私一看即明。而像一些右派的
著作，后来是经由谍报部门的插手，才得以销量增加的。在我们
看似寻常的文学读本，刘禾都揪住了背后的绳索，告诉我们不知
道的存在。西方知识界的复杂性，在这里得以诡秘方式呈现。而
中国读书人并非人人看清此事。那时候去欧洲的中国人，对西方
的叙述是颇为不同的，徐志摩的诗意的表达好像是乌托邦之语，
萧乾则写出一个血腥的存在。刘禾意味深长地问道：

　　"为什么萧乾的眼睛看得那么多？徐志摩眼睛看到得那么
少？"

这个追问，其实触及左右形成的原因之一。我们由此对中国的知识群落的分化可以有大致的了解。就学院派的文人而言，有书斋气的，他们并不了解政治，而是以学理为之。有的则在政治的旋涡，依傍在某种势力的周围，思想就有功利世界里的东西。而左翼作家也颇为复杂，鲁迅的左转和周扬不同，郁达夫加入左联，动机就别于茅盾等人。这是事物的复杂性。我们谈论左翼与右翼，亦不可以简单话语为之。

知识分子在现代社会渐渐形成对立的两种类型。但细细察看，却左右交织，灰白难辨。多年前，我在梳理京派文人传统的时候，注意到一个有趣的现象。有的自由主义色调浓厚的作家，后来竟然左转。这并非外力的强制，而是内心的自愿。比如萧乾，他由沈从文的小兄弟，变为鲁迅的推崇者，生命的经历里有复杂的体验。但要说清深层的问题，不能不涉及那一代人面临的诸多困境。而在突围这些困境的时候，立场的问题自然发生了。

萧乾早年受益于京派文学的熏陶，后来到欧洲战场采访，经历了血与火，对人生自然有特别的体验。刘禾注意到他的行为，从国际语境理解那一代知识分子，倒是让我们打开了窗户，瞭望到以往未曾体察的生活。他在剑桥大学的空间里所发现的人与事，都是在单一语境里所不可解的存在。较之于徐志摩对剑桥文化的感受，萧乾更有彻骨的体味。他视野里的欧洲，内在的矛盾驱走了田园里的静谧之气。徐志摩式的优雅被悲怆之音代替了。

纳博科夫就是这样陷于理不清的、混杂的时空里。东西方读书人也卷入思想的风暴中。刘禾眼里的纳博科夫，有另类的困顿，并非我们所想的那么悠然自得。他外逃到西方，却不喜欢西方。比如对巴黎的描述，按照刘禾的解释，是消极的，没有亮色。有趣的是他在法国用英文写作，并不认同于那个世界的表达。刘禾将此描述为"再次与自己周围的语言拉开距离"。纳博科夫厌倦法国巴黎，一定有难言之隐。那是只有经历了苦楚的人才有的感受。刘禾的叙述里不乏自我的剖析，她说："纳博科夫的巴黎总是灰色的，这和我自己的印象完全不同，也许是因为我缺乏正视现实的勇气，眼睛里看到的更多是文学和书本里的巴黎幻想。"这段表达可以延伸出另一种意味，反身自问，我们对欧美文人的著作的想象，是否也带着文本里的幻想？而《六个字母的解法》要做的工作，就是对幻想的一种颠覆。

按照一般人的理解，纳博科夫无疑是一个右倾的文人。他对斯大林的态度已经说明了这一切。但他的对话里，有时不能消失的是那些"左倾"的知识分子。刘禾有意把左翼的艺术家与纳博科夫的关系作为一种对比，以对话、纠缠的方式为之，扩大了思考的空间。纳博科夫笔下神秘的人物奈斯毕特，是小说家虚拟的对话者。但这背后却有一个人物原型。刘禾追踪着这神奇的人物，像一个侦探，从表层进入隐秘之所，其间牵连的故事，恰恰是历史的另一种敞开方式。

我们知道，刘禾是研究比较文学的教授，其著作对历史有强烈的观念性的表述。但这一本书里，小说的意味浓厚，体验淹没了概念，现场的还原使我们以往相信概念的人现出尴尬。作者打捞出许多人物的场景和细节，我们对知识分子与政治的关系，便不再是简单的眼光为之。在二战前后，有良知的知识分子没有不牵连到政治的，因为思想的表达只有穿越意识形态的障碍，才能够抵达彼岸。纳博科夫厌恶新俄，可是西方的左派却告诉他新俄的价值对世界矛盾的舒缓。那个与他不断争论的奈斯毕特，多少影响了其写作的走向。其小说的丰富性与自己的遭遇不无关系。

《六个字母的解法》的作者毫不掩饰自己的价值态度，我以为也有个人的偏好，可能加深了左翼的神秘性。书的特点是对主人公的细节的发现，在那些细节里，发现一般中国人所不知的旧迹。而这个时候，简单化的历史观便让位于史实呈现的隐含，西方读书人的光怪陆离的选择，不深入其间难以窥其面目。

比如，纳博科夫厌恶阶级话语。但他自己的日常生活，就有着贵族式的独白，未尝不是阶级社会的一员。奇怪的是他能够在作品中剖析自己的阴暗之思，将这些一一陈述出来。一个丰富性的作家，无论他的立场如何，只要深入到现实的深处，笔触必然流出存在的原色，这些可能会讲述出概念之外的生活。而刘禾所关注的，恰是这些被批评家所漏掉的遗存。

把一个流亡的知识分子放置在陌生的、左右翼均在的话语场里加以审视，所得的结论超出我们的意料。刘禾表面在勾勒纳博科夫的文本里的细节，其实是对一个时代隐秘的寻觅。而那个隐秘恰是，左翼形成的原因是什么？纳博科夫能够离开政治吗？而政治注定是一部分精神丧失的对抗。我们如何看待这样的悲剧？新俄的存在为什么受到大批科学家与学者的欢迎？纳博科夫的经验是个人化的还是有代表性的？就思想的意义而言，这些讨论我们还做得不够。对 20 世纪知识分子的选择，只有结论而没有精神体验的还原，大约会不得要领。

对于纳博科夫，人们的看法不一，刘禾的写作不得不面对这些。作者讨论流亡者的立场时，看到了一种常人无法解析的错位，这恰是引人思考的所在。作者写道：

> 纳博科夫当一个"异类"，这是他的宿命。他痛恨高尔基和苏联的社会现实主义，但同时也瞧不起右翼作家。他在 1959 年为《邀请砍头》一书写的自序里，把奥威尔斥为"只会替概念插图、搬弄新闻故事的人"。我初读这句评语的时候，吃了一惊，可仔细一想，倒也不奇怪，也只有纳博科夫，才可以如此出口不逊。宁可孤芳自赏，也绝不依附权势，这是纳博科夫的姿态，也是他坚持了一生的异类姿态。他这样做当然不是没有代价，结果所有的权势都不买他的账。这可以由以下的事实来证明：无论是左翼的还是右翼，凡是有权有势的文学机构，都拒绝给他发奖，尽管纳博科夫的读者和粉丝可能比谁都多，遍及全世界。

这是真正的"在而不属于"。当纳博科夫在俄罗斯的时候，我们可以用贵族来为其定义。但到了英国、法国、美国，似乎就复杂了。他对于存在的非正义性的理解比谁都敏感。以他的眼光，西方的所谓知识分子，也有不堪一击的脆弱。但他们的智慧也刺激了自己，他在书中与左派人士奈斯毕特的争吵，都有回应里的自问和疑惑中的寻觅，或者说，是在新的不自由里寻找自由。

一个既成的认知模块在这里崩解了。不同的知识人对此会有不同的理解。刘禾的角度则另有用意。她倒是从纳博科夫那里，反衬出左翼文学的力量。纳博科夫没变为西方的所谓右翼之徒，真的令人深思。他是一个流亡者，但不喜欢以简单的艺术图像解释政治，他在《斩首之邀》序言里把奥威尔比喻为"图解思想的流行作家和政论小说家"，讥讽之意一看即明。这是审美的要求还是意识形态的因素使然，都值得考究。这里或许涉及知识分子最为本质的元素。流亡而无归属之苦，才催生了诸多骇世的文本。他的高远之气，岂是浅薄的左派和右派能够理解？

不过，不知为何，有一些片段没有进入《六个字母的解法》的视野，也许作者有意省略了它们。纳博科夫在域外流亡的时候，对于故国的批评一直没有中断。他在美国、法国的写作一直拒绝向托尔斯泰、陀思妥耶夫斯基、高尔基的传统靠拢，而是另起炉灶拓出自己的路径。《天赋》一书对于俄罗斯文学史和文化史的回望，保持了一种批判姿态和距离感。他对普希金与车尔尼雪夫斯基不同的态度，看出其故国情怀的另类的立场。我觉得他的有价值的地方，是延伸在此领域里的。

历史常常掩藏在话语的云烟里，我们看到的往往是飘忽不定的影子。就我自己而言，那影子给了我们什么，它为何给我们带来苦梦，这是一种疑问。而刘禾所思的，乃历史何以如此，形成的因由何在？比如对于左翼问题，我常常思考的是那传统变异后对人的伤害以及对一个时代的伤害。而刘禾作品则解释，知识分子的左转何以出现，为什么会是它而不是别的？这是两种不同思维。我觉得我们在讨论现代文化时候的不同看法，可能也缘于这两个不同的出发点。在大陆封闭环境成长的我们，看不见欧美当年的思想风云激荡的历程，而长期在美国的刘禾，大约也难以置身于大陆失调的文化从而获得另类感受。我们都看到了自己体验到的东西，没有意识到未历的存在的价值。在这个意义上说，纳博科夫给后人提供了对话的空间。而要达成一致，恐怕也未必那么容易。

细想起来，文学文本的研究，可能因陌生的存在的凸显而改变我们的思想。以纳博科夫为例去寻找 20 世纪知识分子精神状态，连带出的丰富性，已经溢出我们的既定思维。这个流亡到异国而寻找不到家园的思想者，倒是从另一侧面注解了历史的诸多难点。在那些变幻不已的词语逻辑里，人类的存在有时也未必能以左右的观念所涵盖，人性的丰富性常常使我们这些喜欢概念的人陷于窘境。

由纳博科夫引起的话题，不仅仅是二战前后的知识人的生存问题，其审美的意识里超常规的诘问带来的诗意之美，也可以打量再三。纳博科夫的诗学意识里的清浊、明暗，是生活隐曲之迹的另类表达。刘禾在其制造的词语谜语里看到一个时代的风云，那就把文学与政治的内在性问题引入到今天的语境里。我常常想，纳博科夫的作品，不以平常之笔为之，可能有自己的考虑。因为身份的尴尬，就不能再以传统的逻辑面对存在，必须考虑词语不能覆盖的盲区。《洛丽塔》《微暗的火》《普宁》，都在真幻间游动、移步，仿佛一个魔术师的表演，而一切又那么真实。我觉得他的非凡之处不是回到自己的过去，而是在欧美的生活里开始新的起步，对一切奴役的、变态的生活的解释。那闪烁其词的、流动的精神之火，也照亮了他自己生命的暗区，自嘲和拷问，癫狂与宁静，都指示了存在的荒诞。

或许，审视流亡知识分子的价值，可能扯断人们对民族国家的单一性的认知逻辑。纳博科夫的书写意味深长，从《洛丽塔》到《微暗的火》，他对西方知识阶层的讽刺，可能回应其逃离祖国的另一种原因。他在超越疆域的领域，写了存在的尴尬。例如《黑暗中的笑声》写德国人的生活，寻找幸福者，却进入悲剧之所。小说看似一个三角恋爱的故事，却有着"道德的歧途"的谶语。人选择了什么，就可能成为选择的对象的奴隶。纳博科夫的域外体验，已经消解了早先的理念。这也恰是他在另一部作品里设置的论辩对手奈斯毕特的精神元素之一。只不过有着俄国革命记忆的纳博科夫，不愿意直说而已。

至此，《六个字母的解法》的深层用意便不难理解了。阅读纳博科夫那一代的历史，看他们撕裂自我的时候，我们才可能知道自己还有无穷的未知之所。那些看不见的存在，可能改写我们的认识。但那认识的建立，与生命的体验有关，未曾经历过的存在，没有温度。小说家以天才的，超常规的思维，颠覆了既成的概念，这恰是被后人不断阐释的原因。20 世纪离我们不远，但许多已经变得模糊不清。马克思主义、安那其主义、自由主义留下了诸多现象之谜。破译它们，不仅仅是愿意与否的问题，也是诚意有无的问题。那些暗藏在词语背后的存在，可能会丰富我们以往的观念。回到历史的现场，重新对话，显得异常重要。今天的知识界，争吵多于对话的时候，我们都可能遗漏了诸多世间的本真。

2014 年 7 月 18 日

陈乐民先生的笔记

　　20 个世纪 90 年代，《读书》编辑部常常有些聚会，我认识陈乐民先生就是那个时期。他和夫人资中筠显得很随和，也颇有些人缘，聚会时往往被大家围住，议论一些有趣的话题。记得吴彬主持会议的时候，大家还有诸多争论，然而陈先生的话，总还最吸引着大家。我们那时候彼此交流不深，但他们夫妇传达的信息，是怎样鼓舞过我们这些涉世不深的年轻人。

　　许多年过去，很少见到他们，偶然看到他们的文章，还是愿意读一读，每每有不小的收获。他们谈西学，也连带中国社会问题，还有古老的历史难点，阅之爽目清心，但有时也带着一丝惆怅，那是知识人特有的气质的流露，他们深切的地方，是在那样忧郁的表达里的。

　　陈乐民先生去世后，我陆陆续续读到他的作品集，才意识到他的丰富性远远超出我的想象。90 年代以来，他的所思所为，都延续了 80 年代文化的一种逻辑，启蒙意识与自我批判意识下的文字，有我们当代文化史滚烫的一页。

　　我很喜欢陈乐民先生的读书笔记，印象是东西方文明的互

214

动，多为挑战的文本。他的文字有一点旧式文人小品的味道，令人想起"五四"后《语丝》上的文章，知识、趣味、思想都有。不过，他不是一个掉书袋的学人，而是有着强烈忧患感的思想者。他写文章，既有自娱的成分，也带疑问的地方，内心的焦虑很多，似乎在与苍天交流着什么，要挣脱的是历史的灰色之影。

欧洲文化是陈先生的研究对象，他谈启蒙主义，文艺复兴，都有妙论，为读者所喜爱。对欧洲文化的解析深切入理，又不附会那些学说，有时候回到中国文明里对比两者之美，发现各自的所长，这是他的特点。我觉得他的西学研究，带着使命感，就是改造我们的旧思维，使之适应人类文明普遍的价值，但又不失固有之血脉。这一点与"五四"的一些学人很像，说他的随笔里有"五四"精神的遗响，并非没有道理。

陈先生涉猎的范围很广。对于古代文学，历代野史，东西方哲学颇多兴趣，徜徉其间而所获者众，这是让我感念的地方。他在古今的文化里，常常找到逻辑的线索，不相干的存在往往连类一体，遂有了新意。一面面对欧洲文明史，一面冷思国故，于古人文字得趣多多。他看古人，有西方的参照对之，结论自然不同于常人。从西学角度看中学，和从中学角度看西学，在陈先生的文章里多见异彩。《康德与冯友兰》《戴东原与笛卡尔》《利玛窦与徐光启》都是跨时空的短章，不相干的存在有了对话的可能。且其中有惊人的发现。比如谈冯友兰与康德，彼此相反的地方，恰有思想家共有的困惑，他们在思想的路径上有着不俗的贡献，在智慧之途留下路标般的参照。康德的二律悖反，乃对主体与客体存在一种超智力的解释，而冯友兰著述里不忘对儒家天地境界的阐释，则在根底上去解决康德所说的难题。之所以这样对比，陈先生要表达一种中国人的"自性"（identity），即国人与西洋文化对话的资本。陈先生在上下左右环顾一周，觉得古老的文明要与西洋交流，我们的资本少得可怜，但内蕴的挖掘也并非不是可能。他关注冯友兰、胡适等人，是因为那里有一种现代的意识，那里滋生的思想对于我们是难得的参照。中国许多思想尚未生长，新文化未能深入人心便丧失于战乱之中，实在是可叹之事。

懂得西学的人，如果有国学基础，或者热爱国学中精华的遗存，是可以有创造的潜质的。文化之事，不是封闭里的独言独语，实则有敞开胸襟的一种互感与互动。陈乐民先生主张西学与中学一体，即"二美并"，如钱钟书所言"东海西海，心理攸同；南学北学，道术未裂"之意。所以，他常常从东方的经验里凝视西学的元素，又从西洋哲学中反观我之固有文明。中国新文化的"自性"，大概就在这里。

先生谈论文史的文章很多，他的兴奋点不是在一两个层面的，有着长远的眼光。我们说他是"五四"的孑遗，可细看其文字，并不以"五四"那代人的是非为是非。比如，他谈论周作人对韩愈的批评，就不以为然，《周作人辟韩》一文对于"五四"一代人非韩略带微词，包括鲁迅在内，都有所批评。我初读此文很是不解，觉得周氏不以载道为确然之径，并非没有道理，陈先生此言不免有些过激吧。后来看到他《王安石论韩愈》，才知道其逻辑起点不是文章学之道，而是思想不随世俗的缘故。"五四"那代人以个性精神面对传统，审美的标准可能覆盖了许多思想逻辑，自然要与古人别扭。而陈乐民看到的是另一种思想景观。虽然道统的势力过大，但一种道统反对另一种道统，也殊为不易。这两个视角，看出百年来中国读书人心境的变化。周氏兄弟远离韩愈而近性灵者文，陈乐民理趣兼得的思索，乃时代不同的结果。周作人那代人面对如何表达的问题，故主性灵而轻说理；陈乐民面对的是个性的坚持问题，表达如何暂且不管，而不随流俗的选择才是重要的。他的不同的理解方式，与"五四"的"意图伦理"拉开了距离。

我觉得，陈先生是打破专业营垒自由阅读与自由书写的人。这样的人物在今天不多。钱钟书、周有光、王元化是这类人物，对人文学科可谓功莫大焉。学人随笔，看似率性而为的漫步，但举重若轻之间，有我们文化里闪亮的遗存。我读陈乐民先生的书，看出他在历史与文学之间的耕耘里的乐趣。在苦苦思索里，仿佛远离了当代的语境，实则与我们的生活最近。他以追问的目光应对我们社会的悲苦与矛盾，把虚幻的存在一一颠覆，带来精神的光亮，这是我们读者的幸事。我常常想，今天可以反复阅读的书不多，文化里的荒景随处看见，但因为有这样的前辈在，似乎寒夜里涌动着热流，我们的行走便不再孤独。

2015 年 1 月 5 日

戏曲文献之趣

　　大凡做学问的人，史料的搜集整理最难，一般人望而却步。我自己就不敢泡在其中，耐不得寂寞还是主要的。日前得到郑志良先生新作《明清戏曲文学与文献探考》，见到许多鲜见的资料，颇受启发。郑先生治学，有乾嘉学派遗风，又多晚清民俗学的余绪，觉得是学界难得的真学问。我看这本著作，多了一种好奇心，许多考辨恰是民初学人苦苦要做的工作，"五四"那代学人提倡的以野史与民间史料寻找文化脉息的劳作，被我们的作者很好地继承下来，且能引出诸多话题。

　　传统的读书人看不起梨园里的诗文，觉得俗气缭绕，未见真谛。王国维作《宋元戏曲考》，自是别有深意。晚清的学人章太炎影响甚广，他的弟子中喜欢戏曲的寥寥无几。难怪黄侃讥讽曲学为小道，那是有雅正的文学的庞大系统在，不能看到其中的玄机也是自然的了。

　　章太炎的几个弟子也学会了走不正宗的文化之路的样子，有的是新文学的发动者、参与者。鲁迅、周作人、钱玄同等，后来都与章太炎有点距离。他们看出旧文学的问题，从白话文里寻找表达的可能，但没有从古代的戏曲资源里思考问题，实在也是那时候的一个盲点。新文化运动初期，钱玄同、周作人关于旧戏的讨论，不免有些独断，未能让人信服，而鲁迅对于京剧的讽刺，只可作一家之说来看，作为艺术的整体思考，这类判断尚需做思想的厘清。

周氏兄弟关于正宗诗文的批评，从他们的爱好里可以看到一二。鲁迅关注小说，周作人探讨民俗，都不是旧式文人的主流所在。可是他们对于戏曲的若即若离，影响了对于艺术史整体性存在的把握，因为意见性的因素多，其表述多不系统，以致带来误解。其思考的空间留下的话题，倒是引人思考的。

其实，周氏兄弟眼里的戏曲，只还在人类学与民俗学层面上。他们藏品中的戏剧资料，被研究者一笔带过，细细分析者有限。鲁迅说自己喜欢社戏的片断，晚年回忆绍剧的《女吊》，赞佩的地方很多。较之于被宫廷化与士大夫化的京剧，未失原始意味的绍剧，却是弥足珍贵的存在。那里野性的和冲荡的气韵，给他带来的快感是可以想见的。

但鲁迅很少分神凝视戏曲里的资源，与翻译、创作的趣味关系很大，吸引他的更多是小说里的智性。他对音乐与戏剧的某些隔膜，使其判断艺术问题时，有了旧文人没有的东西。民国旧文人是喜欢泡在梨园里的，鲁迅总觉得那里病态的东西多。他讽刺梅兰芳是扭扭的样子，原因是没有阳刚的气质。可是我们细细分析他小说里的对白与结构，旧戏的因素未尝没有。在《故事新编》里，传统戏剧的形式是暗化在其中的。得形而忘意，乃精神的特点，古老的艺术在他那里不是被整体迁移过来的。

在一些文章里，鲁迅偶然以戏曲的符号为自己的表达添彩。比如《二丑艺术》即是。那不是说明戏剧本身，而是借此讨论社会的问题。中国文人浸泡在戏剧里的那种温和、惬意的意蕴被其所扬弃。在某种意义上说，鲁迅的冷静，倒透视出古老戏剧里本质的问题。他觉得，戏曲提供的察视观人的资源，也不能忽视的。

但周氏兄弟关注的明代文人，就不是这样。他们的文学成就，有的与戏剧的元素不是没有关系。离开戏剧来谈晚明的士大夫生活，似乎就缺少了些什么。

我们现在看晚明文人的书，感叹那一代文章之好，背后有戏剧的元素。像张岱这类文人，辞章没有道学的因素，就那么自然游走于山水、城乡之间，点画出心绪优美的思绪，文章的轻巧，今人只能叹息。不过，我们看他们的文章之道，是得到民间资源的暗示无疑。郑志良《明清戏曲文学与文献探考》写到山阴一代文人的业余生活，就有非正宗艺术喜好。张岱对于梨园票友彭天锡的描述，多见神采。绍兴的戏剧舞台与文人关系，在此颇多意味。浙东文化的风气，于此可见一二。

郑志良发现了周作人藏书里的难得资料，山阴文人潘素心《不栉吟》《不栉吟续刻》里，许多关于戏剧的文字，都有正经的文人所没有的东西。郑先生在《山阴曲家周大榜与花部戏曲》言及其戏曲理念，在传奇里保持正宗的儒家道德之思，则看出文人思想深处特别之所。周氏兄弟对于浙东文人的艺术趣味多少有些关注，但没有细细研究，或只是注意文本而少借用，可能与他们的审美走向有关。

对于山阴文人，周氏兄弟言及最多是王思任与张岱。他们的文学活动与戏曲之关系，也颇值得一思。《明清戏曲文学与文献探考》谈到王思任批点戏剧文本，以及张岱家族与梨园的几十年的缘分，看出明代文人精神除了诗文之外，自有另类寄托。他们的文章能够颇多神采，和戏曲的关系一定是深的。张岱兄弟刊刻《牡丹亭》，王思任为之评点，都是文坛趣事。那种从旧文人的精神旁溢出的灵动的思想，或许从戏曲中得到启示也未可知。

王思任那句话"会稽乃报仇雪耻之乡，非藏垢纳污之地"，其实也有绍剧的朗然之气。但中国后来的艺术缺少了这些，鲁迅不再深谈京剧与戏曲，也有这样的原因吧。而另一方面，旧剧里忠孝与儒家的精神过浓，鲁迅的考虑是颇有道理的。戏剧中离经叛道的元素，真的不可小视，因了这些的存在，文人与百姓，都有了借其表达自己意愿的通道。在小说之外，旧戏的存在，的确敲开了审美的另一扇门窗。

郑志良治学，有些超功利的因素。他跑了许多图书馆，常年搜集珍贵的资料，且耐得寂寞。他喜欢以新的史料说话，不空谈，戒虚妄，论从史出，又多奇思。我喜欢此书的原因，是作者提供了一个视角，为我了解浙东文人传统提供了资源。中国的古代艺术与文化，可探究的话题颇多，然而有新的眼光和扎实的学术根底的人毕竟太少，成果亦不甚可观。我向来觉得治国学的要懂一点西学，或有点"五四"的新文化理念。以现代的眼光激活那些沉睡的资料，则可以带来思想的愉悦。郑志良写明清的戏曲文学，衔接了诸多"五四"的传统，此书与那时学人的著作对读，似乎可以看到现代一种学术思想的延伸。对于我这个门外汉而言，于中所得颇多，也进一步确信，鲁迅所说边缘文人的资料，对我们理解历史，真的异常重要。

2015 年 5 月 3 日

帝京浮世绘

我们这个年纪的人对老北京民风的认识，多在老舍的影子下。后来的王朔出来，改写了北京的人文风景，那是大院里的世界，最精彩的，不在胡同之间。老舍的辐射是广远的，假如没有他，我们对于京城的市井生活的感知，将一片模糊。而帝京的一切，也因为京味儿小说的模式，渐渐被固态化了。所以，京味儿小说在老舍之后，其实是没有大的格局的变动。

而这部《琉璃》，则多少改变了我对于这个现象的看法，作者薛燕平写的是另一种百姓生活。这与老舍已经大不一样，趣味和态度，有一般文人没有的东西。我由此见到了一幅帝京的浮世绘，那里隐藏着我们鲜知的、活的人间图景。"五四"那代人审视人间的方式，在这里消失。王朔的笔调，也没有踪迹。这是从非文人视角里流淌过来的都市画面，有些片段衔接了旧小说的余韵，多了当今文学里没有的元素。市井里的物形人影，没有了所谓时代特色，但却写了一个转变的时代的人生命运。作者远离一般的启蒙和先锋的笔触，有滋有味地品评、打量看似无意义的人生。那些庸庸碌碌的存在，那些隐含在胡同深处的男男女女，没有圣人之风，都在俗林之下，昏暗与明亮之间，演绎的是美丑相间，善恶互体的人间故事。

我读这本书，总是想起老舍先生。当年的老舍写《骆驼祥子》，有拯救众生的慈悲，那或许是但丁《神曲》的召唤，抑或康拉德的启示。到了薛燕平这代作家，有了另外的心境，西方小说的某些因素淡化了，要寻找的是对应今人生活的文本。她沉潜于市井的海洋，探入每个凡夫俗子的内心，婚姻、职业、邻里关系、社会风气，丰富中缠绕着出奇的人与事，写的是俗人的生命经验。经由她的笔，几代人的生老病死，在胡同内外活了起来。

《琉璃》描写的是 20 世纪 70 年代后期至 90 年代一批北京人的故事，涉及胡同里多个家族的命运。主人公建军和大玲，有了诸多怪诞的经历后，终于走到了一起。他们的同代人，高升的与堕落的，平庸的与显赫的，似乎都在相似的逻辑里。1977 年高考后青年群落的分化，以及社会转型带来的不同命运，让作者看到社会变中的不变。上了大学的与游逛于江湖的，都各自在不同的苦运里。两位主人公顺生之路，和周围人在俗谛里的沉浮，都蕴含着人间的求生哲学。无论读书人的窘态还是无业者的孟浪，都不能以儒家学说解之。作者看到了世俗社会道德话语无法涵盖的存在，那些在日常里闪烁不已而又被道德话语遗漏的世界，才有人间的本真。

我们的前人在凝视都市生活时，写过市井里的阴晴冷暖。《金瓶梅》的男女之事，社会伦常，都是对士大夫诗文世界的揶揄。薛燕平的选择延伸了这个意绪，一个个人物拖着人间的苦影，不堪与荒谬之气，四散开来，浸染着假正经的话语体系。人的自然的求生本能以及选择，在构成人间悲喜剧的主旋，读书人的框子在这里崩解了。小说借着老人的口说出，这个世上的伦常早乱了，本无所谓的规矩。长者们对此见怪不怪，也恰写出人间的真相。而青年们则陷于厄运的大泽里，好似没有光亮。建军有一点《水浒》里的江湖匪气，大玲的风格则在鸳鸯蝴蝶小说的缝隙里看见一二。王继勇的痞气，杨小宁的世故，李常青的贪婪，都成了日常的元素。而人们却以奇异的方式坦然面对身边的怪诞。或视而不见，或安之若素。在痛楚里，也有征服不幸的办法，这或许属于酱缸文化的一隅，苟活、顺生、偷生，构成了胡同生态的一部分。

我们的作者善写各类小人物的喜怒哀乐，尤其对于那些远离知识界的草根族的描摹，往往力透纸背。《琉璃》有一个荒漠的江湖，但飘动着灰尘的院落上演的是人性的怪剧。作者不是哭天抢地地痛哭于他们的人生，而是以理解的方式，进入每个生命的个体，写着不同类型的人生顿悟。小说的对话颇为生动，仿佛胡同语言的陈列，流动的是无数活泼的土语。而内心描摹亦有奇笔。泼皮内心与奴性形态，都呼之欲出，中国人之为中国人，他们何以在荒谬里存活下来，这才是作者要展示的本真。在这一点看，薛燕平在京味儿中嫁接了旧小说笔意。在审美趣味上，《琉璃》与百年前的上海小说遥相呼应，流溢的是帝都里的另类趣味。

　　印象深的是小说善于写矛盾的繁复和存在的辩证性。每一个人都在自己的逻辑里各显姿色。建军自己滑落灰暗的深坑，可是会以自嘲的方式面对自己，在已成为知识人的老同学面前，毫不愧作。大玲在几个选择空间的停留，并没有罪感的痛楚，读者似乎认可了她的历史。涉及血缘关系的时候，看到了无法分割的粘连，也道出冷漠的苦水。家人间微妙的关系，也深如枯井，有难以理喻的黑暗。如果是写文人，这可能归于病态的范例，但市民的这些纠葛，倒显出日常性的本原。作者将此看成人间的一常态，无所谓曲直忠邪，甚至带着欣赏的眼光看他们的恩恩怨怨，是是非非。这种去精英化的表达，带来了格式的特别。遥想包天笑、周瘦鹃等人的写作，也仿佛一二。建军身上的恶，有恶的辩证法，他经历的一切，也是胡同万象的汇集。自己承认自己恶，却又能仗义行侠于街市。这是国民性的另类存在，较之古小说里的游民相，《琉璃》写出的是胡同江湖的草根哲学。

　　许多京味儿作家对于旧京有深深的眷恋。叶广芩对于北京的描述，似乎就有哀怨的无奈感。较之叶广芩京味儿小说的儒雅和贵族遗风的流转，我们的作者显示了市井里的残酷。她用了无情的笔，剥掉众生的伪饰，看到的是诸多裸露的人生。她写胡同百姓，还有一点姿色，而到了读书人那里，乏味无处不在。对于几个七七届的大学生的刻画，都有些漫画的样子。建平的冷淡，缺少与建军的亲情，周平与的空幻感里，看不到学问与现实选择的关系，李常青的低级趣味，也难以让人对其有一点敬意。这些读书人显得不及大玲等人内心的丰富，好像有更多的怪异。其实七七届的大学生多是有梦想的一代，那前后北京的诗人沙龙，《今天》的忧国忧民的调子，都不能在《琉璃》里看到。作者在小说里写了一群没有灵魂的读书人，自然，整个画面也看不到飘动的高远的情思。这是从胡同视角看人看事的作品，而没有帝都之外的眼光。在我们的作者那里，胡同的芜杂已经把许多闪亮的灵光淹没了。

或者可问：这是否是对批判精神的逃逸？抑或失望于人性的笔墨游戏？我们习以为常的理论似乎无法解析这部小说的表达。我阅读薛燕平的文字，感受到对于市井文化的杂然心态。在回望以往的生活时，知其无可奈何而安之若命，也是有的。那是衰而不老，腐而不败的享世生活。太阳底下也有暗影，这暗影刻着这个古老皇城的基因。我们谁没有这样的基因呢？而改造这样的生活，寻别一类的存在，也恰是读者应从中得出的感悟。由此见之，小说家可以给我们梦的生活，也可以给我们一个没有被照亮的生活，这是两类不同的精神凝视。然而不是所有的凝视都能够给我们以这样的思考：我们精神的光源应在哪里？什么是健康、合理的生存？当作家给我们带来这样的刺激的时候，那文本便有了寻常之外的意味。

2015 年 8 月 16 日

凝视的眼光

　　我在20世纪90年代年认识了张直心先生，具体的地点忘记了，好像在鲁迅研讨会上，他显得很安静，很少在显眼的地方表现自己，自然也并不是所谓风云人物。许多年间，我们见面多多，却并不深知。但有一次读到他谈鲁迅与托洛茨基的文章，如风拂面，感受到超俗的气韵缭绕其间。他用诗一般的语言，直指一段扑朔迷离的哲学难题，给人全新的感受。此后，便注意到他的文字，精致、典雅、略带忧郁的调子，缠绕着历史里的暗影。他就那么悄声地自言自语着，以举重若轻的笔触，翻动着一页页沉重如山的历史。

　　终于有机会阅读他的大量文章，惊喜的感觉一直陪伴着整个阅读过程。没有学院派艰涩的感觉，平淡的叙述却是多维的历史难点的穿行，在绵密的词语之林，形成了属于自己的表达方式。他对于浙江、云南的文化沿革颇多感觉，但原点却在鲁迅那里，而对鲁迅的描述，没有学院派的生硬之迹，带的是自己的生命之旅里形成的问题，构成了与鲁迅对话的另一种关系，寻找的是自己的逻辑。鲁迅之后的诸多谜一样的存在，在其笔下慢慢散开，露出动人的一隅。

经历过风风雨雨的张直心，内心的感受寓平静于波澜之中，我自己与他属于同代人，彼此的经验有诸多交叉、重复的地方。但他似乎掩饰了己身的创伤记忆，在一种极为冷静的语序里，展开精神的跋涉。他在历史的迷津里走来走去，伴随他的，多是鲁迅的影子。而他的学术活动，也与鲁迅的主题宿命般交织在一起了。

张直心是典型的江南才子，他的文字是朴实版的小夜曲，但延伸之处却是暴风雨般的所在。他的人生经验和审美经验，集中表现在鲁迅的世界，又从中延伸开来，向现代的许多空间散开，形成了以鲁迅为核心的批评模式。与那些流行的表达不同的是，张直心在前人的世界里，以细节推演出重要的主题，因侧影而折射一个人的全貌。在不动声色中，一幅幅历史的影像飘然而至。

他进入鲁迅研究的时候，学界对于鲁迅前期思想的研究一直是一个热点。但难度不及后期，可是很少有人沉潜其间。在我看来，他对于鲁迅后期思想与文学的研究，多有突破性的见解，这些似乎并未引起人们的注意。尤其是鲁迅与俄国的关系的表达，是超出前人的，有的地方甚至具有相当的内力。

我们这一代的知识结构，含有许多俄苏的基因。这些外来的存在与中国社会的话语杂糅起来，制约着几代人的思维和价值选择。而这里就有几分鲁迅的投影。如何看待这些投影，是一个自我反问的过程，也是重新认识历史的过程。这里纠缠着彻骨的痛感和审父的焦虑。而面对鲁迅，我们不能挥去的恰是这样的焦虑。张直心面临的挑战可想而知。

现代以来的革命，使中国知识分子的话语发生了很大的变化。文学批评家的表达模式与先前有了根本的不同。这与苏联模式的引进关系很大，其负面作用在后来的批评中日益表现出来。鲁迅是置身于这样的旋涡里的人，一方面黑暗感的无所不在，另一方面是借用政治话语对黑暗的抗拒。他在革命的话语之中，却还残留着革命话语之外的声音。张直心注意到鲁迅的后期的笔法的变化，发现了一些矛盾的、难能解析的存在。《论鲁迅对〈二心集〉型批评文体的反拨》是让人重新反省鲁迅文体的矛盾性的变化的佳作，这对理解鲁迅的审美与政治的紧张关系，提供了他人所没有的论证视角。

当鲁迅燃烧在苏俄艺术作品的空间时，显然的是，他的世界观与表达都有了变化。张直心敏锐地发现，鲁迅在《二心集》里的文体，较之先前有了一丝变化。一是论述方法的理论化，确定性、鲜明性消解了前期的扑朔迷离的词语逻辑，"批评风格由怀疑转为确信，由彷徨转为坚定，由拥抱两极转为执守一端等一系列耐人寻味的衍变"。这样的结果，导致了鲁迅论述问题时的简单化倾向。我们的作者这样写道："《二心集》型话语形式或许不失为强化文学的阶级功能的刚性武器；但作为多元浑涵的文学思想、文学批评的载体而言，显然缺乏必要的弹性。"张直心对鲁迅的批评谨小慎微，不太理直气壮。他没有像王晓明那样直接批评鲁迅的退步，而是认真考虑内在的原因。不过，他的思考较之王晓明可能更为合理，因为在鲁迅的变化中，他看到了其间不变的东西。他以为王晓明片面强调了鲁迅的虚无，却没有发现"对虚无的殊死抵抗"。在左转的时候，俄国的因素虽然多了，但是却依然保留了尼采式的思维，精神里有一种与前期的基因呼应的地方。而鲁迅后来的思想能够克服俄苏理论的八股化倾向，与他的尼采式的知识结构关系甚大。

以往的研究中，人们强调鲁迅对旧我的扬弃，似乎一个新我完全覆盖了过去的影子。但是《且介亭杂文》却奇妙地回归到早期《坟》的文字里，隐曲悠远的意绪又被召唤出来。文章的内蕴几乎没有瞿秋白式的因素，我们在此又一次见到迷茫中的那种感觉。张直心其实欣赏这样的感觉，他暗自为那些老到、深切的文字高兴，觉得鲁迅之为鲁迅，恰是保留了一种非本质主义的犹疑、拷问、追索的个性。而那些确切性的话语，很快就在复杂的语境被一种多维的感知融化了。

在阶级斗争异常激烈、人际关系颇为紧张的时候，鲁迅的精神被俄苏的理论多次冲洗过，但依然保持了底色。那么多的理论翻译，以及多种新的参照，一度影响了他的写作，但他本然的存在却没有消失。张直心要论证的是，鲁迅的内心存在着尼采式的血性与自己所欣赏的"苏式体系框架的冲突"。他叹道：

　　我们可以以"诗性"一词界定鲁迅晚年文艺思想、文学批评的语言特征。需要强调的是，"诗性"在此绝不等同于用美文的辞藻掩饰思想的贫乏，更有别于出自"政治留声机"中的革命浪漫蒂克式的抒情、煽情。它既是鲁迅晚年那颇具张力的人本主义眷注与科学主义思考的诗美延伸；又可视作他对《二心集》型批评文体确定、明快特征的语言反拨。

　　无疑的，这是我们研究者的重要发现。他在对象世界看到了用一种模块化的语言所不能覆盖的复杂的精神存在。鲁迅逝世后，关于他的描述，其实是出现了问题的，人们总用一种确切化的公式衡量这位远去的人，以流行的方式窥测那些历史的斑斑痕迹。历史被言说的时候，是有遗漏之处的，张直心要做的是一种还原的工作，希望在凝视里打捞隐去的形影。这是许多鲁迅研究者忽略的所在。

　　每一个时期的鲁迅研究所以不同，可能与流行的思想淹没了写作者的个性有关，而抵抗这种淹没的人，不幸陷入两难的境地。他们为了强调鲁迅的这一点，而遗忘了另一点。或者故意弱化相关的题旨。而张直心觉得，这可能会影响我们对研究对象的判断。所以，他的工作是，撇开洋溢在周围的声音，以静观的方式进入历史，在各种文献里小心翼翼地清理先入为主的观念，直抵现场。比如，在自由主义思想流行的时候，人们对鲁迅与极

"左"的理论的关系常常闭口不谈，重点透视的是其自由观。那么如何理解其译介俄苏文学理论的一些问题呢？他周围的"左"派幼稚气息是否影响了他的思维？张直心得出的结论与常人不同。而这，集中体现在他对托洛茨基与拉普的思考上。

关于托洛茨基，是理解鲁迅时不能不注意的人物，然而说清楚了并不容易。日本的长堀祐造有专门的论述，可以作为一种参照。讨论这位俄国理论家的中国影响力，离不开鲁迅和陈独秀。而"拉普"在中国的负面影响，也多少波及了鲁迅，这是必须正视的话题。问题在于，先前是尼采的喜好者的鲁迅，在摆脱虚无主义的时候，苏联"左倾"的思想是否起到一种作用？那些被实践证明是错误的东西，对鲁迅的思想矫正没有一点作用吗？

张直心有价值的研究就是从这里开始的。他发现，鲁迅在面对俄国文学理论的时候，不是停留在信仰上，而是一种讨论问题的开始。就是说，无论托洛茨基还是"拉普"，都是革命理论的一种探求，都在过程里。"面对着苏俄文艺论战中的各方，鲁迅并没有在二元对立中做非此即彼的取舍，而是勉为其难地试图使这两种互不相容的观点互促互补，通过这两个'深刻的片面'，趋近于对无产阶级文学的整体把握。"

这样，我们的论者就从对托洛茨基的判断和对"拉普"的判断，回到对鲁迅思想的判断上。张直心发现，鲁迅接受托洛茨基的思想和"拉普"的思想，有不同的侧重面，其个体生命的独异性，与一般寻常的文学青年不同，有着免疫功能和自我调整的内力：

> 鲁迅移花接木——将托洛茨基局部理论的鲜活，嫁接
> 到"拉普"无产阶级文学观的枯枝上，更用自己含情带血
> 的体验，滋润着口号中主观意念先在的僵硬，竭力使无产
> 阶级文学之树扎根于审美深层，由灰色变得郁郁葱葱。

这是对鲁迅与俄罗斯文学的一种独特的把握。我们过去很
少见到如此中正、切合的描述。这既不是周扬式的，也不是冯雪
峰式的，他吸收了支克坚等人的思想，在自己的体味里，把握了
历史的模糊地带的纹路。这种思维，其实也是鲁迅式的，不是非
此即彼的教条的演绎，而是经由自己的咀嚼和分析的一种思想领
悟。鲁迅研究的成熟，有待于类似的成果的多样的出现。

给张直心带来论述的内力的，不是当下流行的理论，也非
外来的其他思想。他的研究基于文本的阅读，还有艺术的感知
力。从鲁迅的感知角度和翻译实践，我们的研究者发现了鲁迅在
审美上的宽广的视野，在人们过度强调现实主义的时候，鲁迅依
然保留了对现代主义的嗜好。而且在译介和研究俄苏文学的时
候，他特别注意到其间现代主义的元素。《鲁迅小说的现代主义
审美取向》从美学的角度，打开认知作家的大门，他在《补天》
《理水》中发现先觉者与庸众的构图，在"中国的脊梁"那里发
现了超人的影子。一切都那么复杂，许多存在都在一种多致的角

度里呈现。在艺术的选择里看一个人的精神图景，可能更逼近本质之所。与那些沉醉于各种理论的人的文字比，我们的作者显得自如、纯然，与鲁迅亲近者，大都以本色为之。在这种本色与本色的对视里，世界的隐秘还会躲起来么？

我感动于这样的研究方法，它带着生命的热量汇聚于历史的景深里。章太炎致吴检斋的信曾谈到治清代学术之法时说："事虽繁赜，必寻其源，然后有会归也；理虽幽眇，必证诸实，然后无遁辞也。"此话用于对"五四"以降的文学家的研究，亦为中正之论。鲁迅研究的最大问题，是文本梳理与知识结构梳理不够，从外在的流行思想窥见存在，必定流于浅表之说。以鲁迅与俄苏文化的关系论，用瞿秋白的模式言之则偏，据周扬之眼绘之则浅。今人从自由主义理论大加嘲讽亦不得其要，而新"左"派简单化的表述却缪之甚远。知鲁迅者谁？我们探讨此问，其实也有对自己的内省。

许多研究鲁迅的人，其实兴趣在更深的世界里，借着鲁迅的遗产而瞭望世界，可能带来意想不到的效果。钱理群的写作，带有这类意味，但百变不离其宗，有一个延续不断的话题缠绕着自己。我阅读张直心的著作，深觉治学的乐趣所在。他把研究鲁迅的心得，也推及别的话题之中。比如对"一师风潮"的解析，对陈望道、施存统在结社与建党中的复杂体验，多意味深藏之处。这些很少有人关注的话题隐含着诸多难言的人生感慨。这是他的研究选题的大的一面。另一方面，张直心还安于细小的审美思考，内心深处也存有唯美的因素。比如他对汪曾祺的欣赏，对贾平凹、张炜、乌热尔图的关注，都有自己的独立视角。而他对艾芜新中国初期的写作的勾勒，绵密之处，透出无限的情思。似乎是对"文革"前17年文学的一种另类注解。

一个在书斋里生活的人，并非都是枯燥的自言自语。假如他热爱生活，有济世的冲动，那么文字间的精神意象，则有着暖人的气流。我们看章太炎、严复的书，读胡适、马一浮的文字，都会有不小的体会。较之"五四"前后的许多文人、学者，鲁迅可能更具有人生哲学的意味。他不是象牙塔里的存在，但却丰富了象牙塔里的精神，拥有一个静穆得伟大的形而上的价值。学院派的研究并非脱离世界的封闭之语，我们看那些安静的学人的沉思，恰是人间所缺失的一种存在，它可以辐射到遥远的地方，疗救思想枯萎的人们。而今天能够辐射到人间的真学问，可找到的并不很多。

2015 年 12 月 1 日

闽北之风

　　我是北人，自幼在蛮荒之地生活，对明清之前的民间宗教、信仰知之甚少。二十多年前去福建的许多地方，看见众多古老的庙宇，颇多感叹。闽地多神秘之所，且有古风的流布。就方言而言，那里的遗产颇多，为语言学家所关注。而明清的遗存更为丰富，闽南的泉州且不说它，仅闽北一地，可说者不可胜数。这对于我这样生于北方的人而言，自然有不小的引力。

　　近日偶然读了关于闽北建州的书稿，遂想起当年的福建之行。然而那次也太走马观花了。书的作者并不认识，但能够感受一种浓烈的历史气息。书稿提供了大量历史的细节，作者写故乡的宗教建筑、乡民信仰，绘出古中国乡野的幅幅图画，对于研究地域中的社会习俗、精神遗存，是难得的文本。在如此多的旧迹间穿梭，没有广大的情怀不能为之。天地忽然阔大起来，遥远的先知的面影，信仰者的日常生活，读书人的行踪，其间所散出的古老的气息，都指示着我们的古人生活的一部分。

　　我的老友许谋清是闽地的小说家，其作品常常带着一种散不掉的幽魂，想起来属于地域文化的外化，或者说有古老的图腾的因素吧。二十年前读他的作品，很惊讶那里的古风，词语背后的诡异的存在，我们在中原与北方的乡下何曾见过？这属于乡土的文明，我看这本关于闽北文化沿革的文稿，好像找到了诸多注解。书中所据材料多乡邦文献，还有大量的实物。建州的道教与佛教遗产令人眼花缭乱，许多人所不知的建筑和故事在时光的深处被一点点还原出来。这种现象，今人不易理解，而千百年来的建州人，就生活在这样的时空里，他们创造着、期盼着，一代代延续着相近的梦。

民国初期，许多学人关注民间的文化遗存，民俗学与宗教学研究，在田野调查的实践里悄然兴起。人们对国民性的认识，也随之加深。但中国的地域十分辽阔，文化的差异总还有的。近来各地的文化人对家乡历史文献整理，渐成风气。闽人的创作与学术研究，都给人耳目一新的感觉。我自己对闽北知之甚少，读其间的史料，知道那里的文化土层之厚。从六朝到民国，林林总总的人物，构成了文史哲的风景，且有民俗意味的缭绕。人类学者在其间总可找到有趣的话题。比如道教在民国间的情形，如何组织，怎样维护社会秩序，形成了一个社会动态的图景，可以提供认识民间信仰与民间组织的参考。再如，清代流寇对佛教寺庙的破坏，都是值得警觉的话题，太平天国运动在建州留下了痛苦的记忆，都令人深思。研究中国历史与文化，这些细节都殊为重要。我们在许多地方看不到相关的遗迹，而古老的建筑留下的岁月之痕，都能告诉我们一些被遗忘的话题。

　　民间的信仰，维系着国人的精神之网。我们古人的情怀，是特别的。汉文明里的信仰其实与生存的困境有关。遥想古代读书人的困苦，其间隐含的故事都牵连文化的根基。民间的信仰有出离苦海的冲动，而思想与现实的隔阂也造成了一种超凡的憧憬。寺庙、书院常常是人们聚集的娱乐场所，那些无形的力量维系着乡民的精神，使他们在无希望的时代有了希望的念头。造庙修寺，乃期盼福运降临的选择，也有图腾式的形而上意味。建州留下的故事，多与民间疾苦有关，可怜的乡民在苦运中善良的精神的闪动，都给我们内心一种感动。闽地的民风淳朴，与这类的信仰的存在大有关系的。

　　自从佛教传入中土，学人的思考和民间的信仰有时在不同的轨道上。晚清的时候，章太炎主张以佛教唤起国人的进步，不过他的宗教观，是以"自识"为宗，强调"自信"，"依自不依他"。这种宗教观是觉悟的思想者的一种再思考。但我们看清末民初的民间信仰，不是这样，迷信与妄信的因素也是有的。这其实是一种社会心理的外化，一定程度保持了民风的本然。这是我们思考思想史里的宗教与民间宗教不能回避的问题。读建州研究史料，记录了读书人的世界与百姓的世界的两种形态，一些片段令人想起古老的生活方式里的诗意的遗存。虽然作者并不回避历朝的灾难与不幸，但那种超脱苦海的宁静之美，也有作者自己的梦想吧？

　　闽北的存在，可以解开诸多文化之谜。这里有朱熹、王守仁的旧音，也多默默无闻的民间智者的创造之迹。众生劳作、创造之影，刻出民族心史里有趣的一章。闽北庙会，是颇值得玩味的遗存，看到多样有趣的民俗样式，如同进入风俗之图，花担、彩船、春台、高跷、挑幡、香盘、大炉、老爹、驮枷等等，有北地可见之物，亦多闽北自己的特色。上元、中元、下元时节，民间鬼神的信仰都在庙会中呈现。闽北人对于鬼的理解，与中原有别。且看无常鬼、地理鬼、高爷、矮爷等表演，乃民间心理诗意的裸露。高深的佛理被世俗化理解的时候，人间的美意也联翩而至了。

苏轼当年写在乡间遇见佛教信徒的故事时，一些场景颇为传神。《金刚经跋尾》介绍信徒读经时的庄重之态，刻出"灌流诸根，六尘清净"之意。此也可以移来证实闽人的精神一隅，"以广大心，得清净觉"，恰是得佛理要义者的境界。民间文人与善良百姓，得此境者，历代均有，从乡间的石刻、造像、家书中，我们都依稀见到此态。高深的佛理，一旦融入日常生活，便成风俗的一部分。建州的民风里残留着这些美质，回想起来也多让人感叹不已。恰如书稿作者所说："崇佛渐成习俗，习俗有长性，佛也有长性。都悠着性子，都天荒地老。"

去过闽南、闽北的人，最难忘的也许正是这些有趣的遗存。福建的乡间古物甚多，祠堂与庙宇散落四方，几乎每一个地方都有可以玩味的遗存。印象深的是婚丧嫁娶的场景，保留了许多明清时代的遗风，而唐宋以降的谣俗，经友人指点，便也略觉一二。闽人保留了中国文化弥足珍贵的东西。我们现在遥想唐宋的语言、生活细节，有时在闽地可以找到某些形影，而在中原，多缈乎而不可见了。所以，看到闽北人的遗产，便生出思古的幽情，有寻觅旧迹的冲动。知古者，方可洞悉来去之影，区分魔性与神性之迹。我们从以往的一切可以推知未来，国人的精神生活，是不会枯竭的。

2015 年 12 月 6 日

文学教育：在尴尬中的选择

——答《文艺报》记者问

问：前几年人民大学文学院引进了阎连科、刘震云等多位知名作家，你们的选择引起了人们的关注。这是出于学科建设的考虑的需要，还是有别的目的？

答：引进作家进校院不是我们的首创，国内曾有过几所大学都有作家进校园的尝试。我们当时的设想很简单，主要是想改变文学院的学科生态。

大学的文学院教学已经形成了模式，只注重文学史知识的学习，以及文学阅读与文学批评的训练，但几乎没有文学写作的培养和训练。新中国成立以来，很多大学的中文系都强调"不培养作家"，中文系毕业生能够从事文学创作的人寥寥无几。这对爱好文学的学生来说是件遗憾的事情。而以传授知识的单一性写作模式，实际上在弱化学生对母语的把握能力，文学院没有文学，成为一种尴尬的现象。引进一些作家进校，设立创造性写作教研室，是为了改变这一尴尬局面。

问：从现有学科分布看，创造性写作专业如何融入大学体制里？

答：我们知道，写作分为学术性、实用性和文学性等不同类型，而目前的中国语言文学专业范畴内的培养和训练普遍集中于学术性写作这一单一形式。应该说，文学性写作是文学的根本。无论是文学史研究还是文学批评，其围绕的对象都是文学的文本。文学创作的文本既是文学研究的对象，同时也是提供文学审美经验的最重要的来源。因此，创造性写作的目标就是让学生在实践中了解文学文本的生成，换一个角度——即在创作者而非接受者的角度——来重新审视文学，领会文学的魅力。在这个过程中，学生既可以得到语言和思维方面的锤炼，同时还有可能在思想内容及主题等方面去进行富有个性和创造性的探索和尝试。创造性写作不仅能够培养文学性写作者——作家或诗人，同时也能够为文学阅读者和批评者提供一个全新而重要的视角。这是穿越旧的知识结构的调整，使中国语言文学专业更贴近文学的本质。

问：听说你们把这种写作列入自设的二级学科，这有理论依据么？

答：在我们制定的方案里，对这个新设立的二级学科进行了理论描述：创造性写作吸纳并综合文学生产、文学接受、文学批评等多个方面的研究方法与理论基础，同时，创造性写作还有自身独特的理论基础。

创造性写作的理论核心在于"创造"。与其他类型的写作相比，创造性写作更直接来源于写作者自身的主观意图，是写作者自身的想象、情绪、经验和体验的文学性表达。但与此同时，创造性写作又必须考虑接受者的一方，尤其在当今文化生产的特殊机制当中，需要同时对文学的接受、阅读、传播、影响、批评等诸多环节进行研究和考量，并将考量结果纳入到写作的过程之中。这种写作的培养，旨在唤起对形象表达的敏感度，从既成的思维模式里走出，以一种原生态的感受力，进入事物的本质。

创造性写作不是一般的文体的训练，而是借助形象，以陌生化的笔法，呈现生活的本质和精神的内涵。文学研究是对知识的渴求，追求的是规定性的、确切性的存在。创造性写作不属于规定性的实体，它是一种不断陌生化的不定形体。写作不是将自己变为一种形体的奴隶，而是注意在无法之中的"法"，学会在情感与理性之间捕捉存在的意象。或者说，它绕过了科学与实证的领域，进入混沌与无意识之所，以形象的方式表达生命的价值与存在的真相。它是对认知极限超越的训练，是在对智性与趣味的诗意的表达的训练。这个过程乃反程式化、反教条的一种精神的放逐。它是去匠气的过程，是神灵飞动的过程。在这个过程里，人的品性、操守、信念都得以从世俗的层面超脱出来。

因此，如何进行个性化的文学写作、如何在新的文学生产机制中保持个性化创造的同时符合文化生产的规律，这都是创造性写作自身的使命。当实用、功利成为写作的动力的时候，思想是不能产生的。而创造性的写作在某种意义上说，乃提升精神价值的动力之一。

问：创造性写作与其他二级学科的关系如何？

答：与创造性写作相近的二级学科是"中国现当代文学"和"文艺学"。

我们的方案这样解释："中国现当代文学"侧重通过文学历史中的文学文本的产生、文学思潮的影响、文学现象的分析，以及流派群体的集合等等方面的研究，来考察文学作品的思想与艺术特征，并给予相应的历史评价和审美判断。"文艺学"则侧重研究中西方文论、阐发文艺思想，在理论的层面对艺术的规律进行探讨。这些均是一种理性的沉思，是对文本的细读后的一种精神的归纳。可以说是文本的文本。

而创造性写作则是文本的培育，乃文学的母体之打造。但这种打造是经过了理论暗示的打造。创造性写作结合两者的研究方法与理论原则，并吸纳两方面的研究成果，并将之作为写作实践的一种参考，以一种文学史的发展的眼光和理论的高度指导写作，力图创作出更加符合时代、现实、思想和艺术需求的作品来。

这样，中国现当代文学研究与文艺学研究，就与研究对象有了共振的关系。它们不再是分裂的状态，而变为一个较为系统化的整体。这对丰富学科，培养学生的母语表达能力，是一种促进。

问：您对目前的文学教育最不满意的是什么？

答：目前文学教育的问题之一是，传统的文章学理念消失了。自从桐城派的文章被逐出文坛，文学教学与语文课堂，都不太讲文章学，许多大学的文学史课偶有涉猎，亦言之不多。民国初年，说桐城派坏话的人，都有些底气，多能写一手好的文章。那是受到西学影响之故，但内在的功底亦含有古文的妙意，他们未必意识到此点。而后来白话文学的八股调渐多，连方苞、姚鼐那样的文字也没有了。这对文章学的发展，是一个不幸。白话文学的经验与古文的经验，其实形殊而理一，中国的文章气脉，割断起来去讲，总还是有些问题。

问：如何理解文章学的理念？

答：现代文章学理念的变迁，与西学的渐进有关，文章观与先前大异起来。梁启超开风气于前，章太炎扭转态势于后，彼此价值态度迥异，而对词采的突围的渴望是相近的。后来的学人与其相互呼应，对新文化的推进都有不浅的功劳。旧时文人的文章有两类，一类是不正经的文章，一类是正经文章。康有为、梁启超、谭嗣同就喜欢写雅正的作品，思想要合乎孔学之路，才情不逾孟子之矩。他们推崇孔孟，而荀子、韩非子、李斯的文章，因为偏离雅乐而被排斥。谭嗣同就批评过荀子的思想，章太炎则挺而为荀子辩护，其思想的呼应外，主要是在文章学的层面。荀子的文章，不像孟子那么单一，处处有复杂之气，内中有一种变化，层次多样。他看到人性的恶的意味，又能以非道德化的眼光看人看事，文章则有超逻辑的意韵，拷问与诘问都有。他从庄子那里看到其悖谬的地方，又能补孔子思想之不足。这在章太炎看来是不小的价值。太炎还推崇魏晋之文，对其弟子颇有影响。钱玄同对明清以来的文章的不满，也可以从太炎那里找到依据。鲁迅对阮籍与嵇康的喜爱，大约都与老师的理念有关，那是被其逆于流俗的风骨所打动的缘故。

问：我们的文学史家对此是否有所研究，文学史家如果注重文章学，也许会对文学教育更有帮助。

答：此类观点在阿英、唐弢那里都有，他们内心的文学史，总是与学院思维有些差异。唐弢主编《现代文学史》时，受极"左"思潮干预，不能使自己的"论从史出"的观点一以贯之，便写了《书话》，聊补那本文学史之不足。这《书话》呈现出另类的文学史的思路，有文章学的理路。但那时候的研究者，一时还没有顾及它内在的价值。

我觉得唐弢先生其实是在周氏兄弟的思想里找到了他需要

的东西，他的读书趣味、藏书趣味，很多地方和周作人四大弟子是接近的。他们彼此文思是有相通的地方。但他又警惕这些人的文章，怕滑到士大夫的路上。这原因是他来自底层，有过苦难的经验。加之思想近于"左倾"，便又有与周作人冲突的地方。他认为鲁迅是好的，鲁迅思想里的一些元素比周作人要高，那是脱离士大夫痕迹的缘故。但是周作人散淡、迟暮之感对他亦有引力。其间的快慰与自得其乐之情与其思想相吻。这是士大夫的遗存，那种书斋气，衔接了中国古风里的东西。他觉得这个东西也未尝不好，至少在文章学层面，亦有价值。

问：您所说的文章学理念，好像是更宽泛的概念，不仅仅包括作家的文本，似乎还有学者的文本。

答：研究新文学的人，不太注意学者文体的艺术问题。学者文体也含有美文的因素。比如王国维、陈寅恪、钱钟书的文体。他们的诗很有感染力，散文也自成一家。不过，在我看来，他们最大的贡献表现在一种述学的文体上。王国维的词写得好，词话亦佳，但述学的文章从容不迫、博雅阔大，透明的思想与科学的态度，让我们感动不已。《观堂集林》写西北文物与考据，短小精悍、毫无废话，陈述间冷峻深切，有奇思涌动，读者望洋兴叹者再。陈寅恪写隋唐研究的文章，是文言里的轻歌，好似带着旋律。义理、辞章、考据均在，且态度是现代科学精神的一种，比晚清文人的关于儒家典籍的文章，更有魅力。至于钱钟书，则有鬼才之喻，那文章起伏之间的机智与才学，亦可谓前无古人。钱钟书在白话文进入衰败期时，拒绝以流行色为文，写古往今来之事，多六朝语境，间杂英文词语，东海西海一体，南学北学同道，文章乃碎珠贯串，以小见大，遂有汪洋恣肆之态。《管锥编》是一部奇书，从某种意义上说，也是文章学的一种新式的尝试。周振甫在《历代文章学》一书里，多次提到钱钟书《管锥编》关于历代文人文章的看法，实乃同代知音。在白话文流行多年之后，能在从容老到的旧式辞章里唤出新意，乃一种绝唱。古文在这些智者的手下，有了新的气象。

现代文章学理念的变迁，由两类人所推进。一是大学学者，一为社会边缘上的作家。于是便有了学者之文与作家之文的区别。这里的情况复杂，有的作家之文从学者之文里脱胎出来。有的学者之文受到了作家之文的暗示而渐生新意。学者中又有公学的与私学之分，文体的样式就各不相同了。

上面谈及的许多人的文章属于学者之文。但作家之文就复杂了。小资作家是一种样式，流浪作家是一种风格，还有市井作家，文字在雅俗之间，系另一种风格。比如徐志摩的文章，就甜得过分，浓得过分，可是真意在焉。萧红的文字是泥土里升腾的，乃另类的文本，有天籁般的纯粹。赵树理的文章系旧学与大众精神的结合，通俗而干练，开新文学另一种文风。后来的左翼作家竭力要写出巨作，但却没有多少新意，除了观念的问题外，文体缺乏生命的亮度也是一个原因，这里的深层因素，是大可以深究的。

问：文学教育如何贯彻文章之道，训练的办法是什么？

答：对此意识最为清楚的，大概是中学的老师和散文家。自叶圣陶、夏丏尊起，已有了理论的摸索；后来吕叔湘、张中行倡导文章的理路的训练，功莫大焉。这个传统，已经深入人心，而做好此事，却并不容易。前不久读到人大附中的学生的文章选，看到指导教师的训练理念和学生的实践，颇有感触，觉得是叶圣陶那代人精神的延续，对当代文章学理念的充实都有可借鉴之处。这一本学生的作文，有许多老师的心血，谋篇布局多有深思，练笔的方法含有巧意。古今的文脉，在此不是隔膜，而是连贯起来了。

许多知识可以在课堂上传授，但作文却另有一路，有时显得无迹可求。古人的办法是多读、多思、多写，那确也是一种选择。桐城派对于义理、考据、辞章的讲究，就有一点这样的意味。而白话文的写作，道理是一样的。附中老师是懂得其间妙意的人，选择了许多的办法催促学生，在文章的世界寻找自己。一是学会模仿，从课文里找到自己的行文逻辑。一是让学生逆向思维，任意谈论自己的观点，不刻意追求什么样式。还有的是通过讨论，形成自己的思路，达到各抒己见的目的。印象深的，是老师对学生独立思考的引导，这是学生文章大有进步的原因之一。仔细想来，这背后，有我们看不见的规律在。

问：指导学生写作，是否会因为目的性而形成套路？他们是如何避免这些问题的？

答：我看这些学生的作文，最大特点是言之有物，思想的含量很高，没有被八股的东西所扰。老师的引领方式引起我的兴趣。有按部就班的仿照、延伸阅读，有打破常规的个性练笔。从经典的文本读后感写作的培养，再到回到己身的冥思，让学生不是匍匐在前人的思路里，而是学会怀疑，自己判断。哪怕观点错误，亦是自己的偶得，乃血管里流出的声音，不是套话里的罗列。比如讲授沈从文的《边城》的时候，便让学生看看汪曾祺的《受戒》，相近传统里不同意趣，则使人忽然悟出玄机，知道审美的万千变化与内在的脉息。这样的引导，是深通文学史的一种训练，老师就不仅仅是课文的分析者，也有了作家的文章学的思路，其思路与古人的妙悟暗合，离当代文章家的理路亦近，穿透力是强的。

我很喜欢他们的讨论的方式。《雷雨》的教学，看出开放性的特点，学生对人物的不同理解，看出训练有素，与老师的思路多有差异。这个选题的价值在于没有定论，宿命的话题，是用逻辑无法解析的，但在不同思路里的撞击中，审美的神经经受了洗礼，诗意与哲思便在心底刻下痕迹，是可以形成认知世界的暗功夫的。对孔子的讨论更有意思，学生的观点多种多样，亦有会心之处。老师训练的路数里一直贯穿着"五四"那代人的思想，不是以奴性的眼光打量遗产，在理解与同情中，多了个人主义的视角，批评的话语也水到渠成地出现在文章里。

中学生写作，是走步的尝试，只要能让大家自由言志，有骨有肉即可。幼稚并不可怕，关键是能否心口一致或文言一致。不过这也会出现一些问题，我也在学生的作业里看到不同的理念，比如有位同学的《论世贸双塔的倒掉》，乃模仿鲁迅的文章，讽刺美国的霸权主义。作者以"恶有恶报""多行不义必自毙"来形容美国受到的攻击，不免国家主义的气量，乃当下思想环境的必然产物。可是我也在书中读到另位同学《关于日本地震》那篇非民族主义的文字，普世的意识就有生命的温度，考虑问题则非意识形态化的。这种不同的思路的文章，可以给读者一种思考。对比是重要的。附中的老师对各类文章的宽容，可见自由的思想已渗透骨髓，乃健全理念的闪烁。我们于此可得的，是独思的成果。教育的目的，乃让人独立思考，"始之于怀疑"是重要的，能否"终之于信仰"那是另一个问题。前者的重要性，我们的前人早就说过的。后者的可意，是要慢慢锻炼方可达到的。文章学不是凝固的形态，乃催促生命的内觉不断丰富的内力。胡适生前一直主张写实主义，不为套路所囿。在辞章上，他自己写不出怪诞幽默的文字，但对那些有个性的文章是喜欢的。讲到新文化的几位文章家的时候，就看重那些不正襟危坐的文字。文章太正经，易成为假道学的遗存，不易产生审美的力量。胡适觉得新文学作家中，有些人是有逆忤精神的，词语与句式与常人不同，反逻辑的亦偶有出现，遂有了迷人的趣味。

我们多年的教学，让学生多去写空幻的话题，虚假与平和的东西太多。这原因大概是缺少思想的碰撞，思路在别人的身上，出格的精神甚少。附中的教学一直鼓励学生的思想性，就产生了诸多有个性的作文。有位同学解析王小波《一只特立独行的猪》，就很有意思，文字间是自我的觉悟。"我们不能被牵着鼻子走，要做自己思想的主人"。还有位同学批评朱自清的文章"教给我许许多多描写的技法，却没有带来思考与启迪"。都是悟道之言。他们的文章好，与这种越界的思维不无关系。

问：在大学阶段，知识训练越来越多，感性的写作如何与科学理念结合起来，的确是一种挑战。

答：大学的写作训练，比中学更丰富了，自由度更大。但我们的老师的学术思维和文学创造性写作的思维不同，不能给学生带来更多的满足。作家进校园，可能会改变这一局面。学生的创作，最好是由作家来引导。沈从文当年在西南联大时的授课，就影响了汪曾祺先生。作家的引导示范，是有积极意义的。他们的思维方式与一般的教授不同，可能更接近写作的本质。当然，写作不是教出来的，而是领悟出来和实践出来的。没有写作天赋的人领悟不了，但有天赋的人没有被激发出潜能来，也是教育的失误。

汪曾祺回忆说，沈从文的课很单一，不是学问家的那一套。

但细心听下去还是很有意思的。他随意讲些创作经验一类的东西。这些非学院派的东西让他感到新奇，有些东西正符合自己的情感状态。一些谈天式的讲授还启发了他创作的灵感。不过沈从文日常的那些状态更让他着迷。因为在文坛很有名气，就和各种作家有交往，同学们也跟着沾着仙气。比如请一些作家来校讲课，推荐同学们的作品发表，对青年学生来说都是难得的记忆。这是一个纯情的人，没有教授腔与文艺腔的人，而且他的驳杂，多趣，又带有淡淡的哀伤的情感方式，是打动了汪曾祺的。

问：但汪曾祺的出现，恐怕不只是沈从文的影响，创造性写作如果只在这个层面，是不是也缺少了些什么？

答：是的。小说写作、戏剧写作只是训练的一种。其实还有一个更广泛的文章学的理念，就是培养学生对书画、文物器皿的兴趣。启发大家有杂学的感觉。除了专门性的知识外，还要有对古文、戏剧、历史遗物的感受力。汪曾祺在西南联大就常常参加拍曲的活动，这对他的审美训练很重要。他还喜欢绘画，这些士大夫的兴趣成就了他的小说的写作。

"五四"之后，新文人吐故纳新，有诸多佳作问世，遂引领着社会风潮。但那些新锐作家，都有很好的国学基础。比如鲁迅、知堂、张爱玲，古文的基础都好。还有一类人的知识结构也很有意思，比如齐如山、张伯驹等人，文章也都好。他们对戏剧、民俗、文物的研究很深，文章有东方的气派。现在的文学教育不涉猎这类人物的经验，也是不行的。

前几日看一位朋友写的《张伯驹年谱》，觉得很受启发。像张伯驹这样的人物，主张文化里的静的一面。近代以来的革命，在动的一面甚多，忘记了文化的安静的益处。中国文化的精妙之气，在于超时空里的安静。古老的遗存定格在生命深处，外面的风雨如何变动，均不能撼摇其本性。于是在晦暗之地有奇光闪烁，于风雨之夜能有安定之所。张伯驹的文化理念，其实并非落伍者的选择，至今想来，那温润的词语与旷达的情怀，岂不正是今人所需要滋润者？旧的戏文与辞章，乃几代人精神的积淀，是粗糙生活的点缀，也系由无趣进入有趣的入口。张伯驹深味我们的时代缺少什么，于是苦苦寻梦，且与世风相左，那恰是他不凡的地方。

问：在教学中注重传授这样的文人的经验，的确有意思。这些都是在通识教育中完成的吧？

答：是的。是在通识教育里进行类似的训练。在本科培养的路线图中，进行这样一些训练是必要的。文学院毕业的学生，起码要会填词，写旧体诗。这是最基本的本领。而要有这样的本领，则非注意知识结构的丰富性不可。还以张伯驹为例，我注意到，他平生留下的文字不多，除《红毹纪梦诗注》外，还有《续洪宪纪事诗补注》《丛碧词话》《丛碧词定稿》《素月楼联语》《春游琐谈》《丛碧书画录》等。我于此看到其知识结构，觉得那一代人的杂学里，有文化中最美的元素，这些在如今的文学学科里已经没有多少位置，被认为是一种小道。但其实我们细细查看，则有文史里贵重的存在。我们从中所得的，是在新文学里所无的东西。比如他的书画题跋，几乎篇篇都好。所谈的名画、名人笔记，鉴赏的深度外，还有知识的趣味。明清之后，士大夫喜欢写短的书话，从钱牧斋到纪晓岚，从知堂到黄裳，写过许多美文。张伯驹与他们不同，他写的文字，都与实物有关。从古人的遗迹里，摸索历史线索，又谈及思想与诗趣，就没有空泛的感觉。文明在他眼里，是形象可感的存在，触摸到的文与画，可激发我们对遗产的爱意。所藏的晋陆机《平复帖》卷，唐杜牧《张好好诗》卷，宋范仲淹《道复赞》卷，宋黄庭坚《草书》卷，均为国宝，都捐给了国家。言及这些作品时，鉴赏的眼光独特，有了诸多妙文。他在谈论书画的题跋里，常能道出原委，又点明真伪，于线条色彩与气势间，揣摩古人心境。他对民间流传的艺术品，多有警觉。知道什么是赝品，什么是杰作。现在从事文物鉴定的人，多不会写文章，有语言功底者不多。而他笔锋从容明快，如久历沧桑者的独语，文人雅事，悉入笔端。我们这些后来的人，对其遗文，只有佩服。

问：您觉得在中学、大学的文学教育中，作家的示范、学者的示范的互动的确重要。可是大学真的能够培养出作家来么？

答：中学、大学的教育，除了知识接受训练外，重要的是一种校园氛围。校园里要有现代的东西，也要有古老的遗存。重要的是要把智慧与趣味衔接起来，让学生对文字的表达有一种好奇心，一种渴念。而我们的表达，要在古老的文明里久久浸泡着，也要在现实生活里久久浸泡着。让青年人了解各式各样的表达里，都有乐趣。论文有论文的乐趣，小说有小说的乐趣，诗歌有诗歌的乐趣，书评有书评的乐趣。这些是要浑然地结合在一起的。我们引作家进校园不是指望培养出多少作家，而是改变文学教育的生态。让学者与作家互动起来，给学生更广阔的空间。福柯曾说，大学有点像一座监狱，意指知识传授的被动性和思想训练的机械性。如果文学院的各个学科长期只有一个模式的存在，那是可怕的。关键在于对学科生态的调整。这种调整是多层次的。一是学科内部的调整，一是学科之间距离的调整。文学院的学生多听一点哲学院的课，也留意历史学与考古学的知识，都会丰富自己的知识，懂得表达的多元性。

在某种层面上讲，作家的思维，对青年学生来说是重要的。可以启示学生如何对认知极限的超越，如何面对传统，并在现实里跳出既定的语境，以智者的方式反观存在。存在其实就在语言之中。可是我们的语言已经被污染了。唯有那些天才的作家，以奇异的方式在召唤我们的灵智力和良知，召唤我们对人生的认识力。一个青年要学会用我们时代的陌生的语言进行写作。鲁迅如此，汪曾祺如此，贾平凹也如此。这也是我们引进作家进校园的目的，至于它的效果如何，只能在实践中看了。

2013 年 9 月 5 日

后记

　　人到了一定年龄，在深浸世俗的时候，还有一点梦想，有时便会忘记老之将至。青年的时候看见 60 岁的老人，在那沧桑的形体里有时感到悲哀的影子，那是日暮里的光景，羡慕岁月之痕里的故事，然而却觉得少了一些光芒。现在自己也到了这样的年纪，却有一点木然，仿佛还在旧的轨道上，不知日之将熄。到了耳顺之年，梦似乎渐渐少了，多的是对于世情的留恋，那些日常生活里有趣的花絮，常常成为记忆里的陪伴。或许，这是人们所说"中国气味"，享世意识里的审美，带来的是非痛感的感受。不过这也出现一个问题，那就是不太被遥远的梦所吸引，精神在矮矮的地方，这也是人为什么厌倦老人文章的一个原因。没有远思的生活，枯萎的要快，也是确实的。

　　去年（2016 年）看到格非的《望春风》，发现中国作家恢复了一种写作的精神，那就是从传统的世情中，觅出梦想。文本不再陷于单调的叙述里，有了精神多样性的重奏。这给予我一个惊异，"世情与远思"的想法，就从中而来。于是对于一些写作的经验有了一点不同于过去的认识，觉得不同经验的综合，也是今天的写作者要做的工作之一。曹雪芹写作的时候，就吸收了前人不同的笔法，这种广博里的深载，不是每个作家都能做到。我们这几代人，很少有这样的本领。

在这几年的阅读里，偶然从作家的文本接受过程发现了这样的问题，比如，读者的评价尺度差异很大，即便是批评家，也在不同的时空里自说自话，彼此难以沟通。前几年木心作品被介绍进来，喜欢他的多是青年人，中老年的批评家则不以为然，以为是被夸大成就的作家。细分析那原因，木心是多远思的人，世情甚少。不像张爱玲，在世情里看人间哲学，烟火气并未消散。中国喜欢看人间的热闹，对于独思里的漫游有时不以为然。东汉的文人看到佛经大为惊艳，这样纯然的心灵顿悟，是汉语世界少有的存在。直到现在，我们的文本里缺少远思，都是历史的惯性。木心的文本没有烟火气，远思也有单调的时候，他的文本不能被批评家接受，主要是日常生活的细节过少，有点不食人间烟火的味道。我个人倒是觉得，这位老人是有意绕过烟火气的，要实验自己的精神放逐的高度。这样的选择，自有难度，即便有败笔的时候，亦有可敬之处。其实，在中国，既有世情，又有远思的作家实在不多，鲁迅、曹禺是给予我们清醒提示的作家，他们文本后的大的哀凉，乃高远的情思的外化吧。中国的新文学起点很高，有了鲁迅的探索，我们的精神版图才有了可与域外艺术媲美的资本。我在格非这样的作家那里看到了这样的努力，真的是令人欣慰。这样的作家即便到了老年，依然有热浪的流动，得阴晴于笔下，释曲直于墨间。梦而不失现实感怀，恰是汉语作家一个传统。

但是世情的纷扰之大，有时也会使人梦碎。许多看破世情的人遁入空门，将自己置于清静之所，以此得无量慧能。这样的选择要有勇气，但因之而使世间纯然，却很难说。所以中国的儒生也学会了进退间的选择，入世时的佛心，在尘世里度己度人，都是让人感动的地方。苏轼的潇洒，有庄子的味道，但佛门的广远之思，乃其精神动人的原因之一。我们看他在日常生活里的自娱自乐，衣食住行里的享世语义，都很儒家。但那背后，释迦牟尼的智慧常常临照，道家的逍遥也翩翩而至，遂有了后人所说的仙气。今天人们说起苏轼来还津津乐道，不是没有深厚的原因。

我自己写一点文章，其实亦有寻梦的冲动。但自知是一个俗人，有时不免粘滞在狭小的语境。想起来可能市井气浓厚了一些。虽然知道那风景里亦有阴影，甚或暗区，总还觉得人间气里有人性的本真在里。但这样的结果，常常是世情知之甚少，远思也空断的时候居多，不免成了高低难就的人。到了耳顺之年，还被俗意缠绕，那都是未得修炼的缘故。

回想平生，自己做过多种职业：农民、文化馆馆员、博物馆馆员、记者、教师。喜欢、欣赏过各类的人与事。但不能忘情的是那些普通又普通的人的一些生存趣味。记得在乡下和小镇子里，有许多以种菜、种地为生的人，日常的工作很辛苦。但过年的时候，他们组织起乐队集体搭台演出，投入很认真，艺术的技艺非一般人可及。我幼时对于戏曲的了解，都从这些人那里开始，知道了尘世中还有梦幻的释放，精神原也能够如此表达。他们是在平凡岗位上还做一点审美之梦的人，这些人活得快乐、真实，世间常常是这些无名的艺术家描绘出来的。可惜这类的遗存，现在不易见到了。

自从到学校教书，与现实越来越远，借着读书去了解人世，有时候仅仅得到一点点的心得，社会这本大书，要解其一二，并不容易。所以，文章虽写了许多，不过一种书斋之语，对于世道人心有什么意义，总还是含糊的。好在我们还相信未来，在枯寂的日子点缀一下自己的生活，在失去旧梦的时候，还有耐心的等待，以辞章的灵光照着夜路，也并非没有收获。我自己喜欢涂涂抹抹，大约与此有关。但若说有多大的意义，恐怕也很难说的。

我现在住的这个地方叫长椿街，小区建在一座废弃的明清的老园子里。旁边是长椿寺、龚自珍故居等，四周新旧建筑参差，而古树尚存。有时看见这些在旧时光里过来的遗存，想起前人的一些形影，便有皆悉空寂之感，书名取《椿园笔记》，亦无别意，聊作一种纪念而已。

孙郁

2017 年 8 月 15 日